京都に女王と呼ばれた作家がいた

山村美紗とふたりの男

花房観音

西日本出版社

目次

京都に女王と呼ばれた作家がいた

山村美紗とふたりの男

毎日、明け方の夢に死んだ妻が現れた。

「私の絵を描いて――」

細面でウェーブのかかった髪の毛、赤やピンクの華やかな服。

妻は、常に華のような存在だった。

明るく社交的で、好奇心旺盛で知的で、そのくせ愛らしく、男たちの心を惹きつけた。

けれど彼女は、突然、死んだ。

そしてひとりになった私の夢に、現れる。

妻がいるのは、玄関であったり、リビングであったり、その折々にして場所は違うが、訴えることは、ただひとつだ。

私の絵を描いて、飾って――妻は毎日、夢の中でそう願う。

妻の願いを叶えてやらなければならない――いや、このままでは自分がおかしくなりそうだ。

そうして、夫は妻の肖像画を描き始めた。

かつて、「女王」と呼ばれ、華やかな生涯を送った妻の絵を描くために、夫は筆をとる。
取り憑かれたかのように。

そこは京都、東山。
霊山と呼ばれる場所だった。

序章

年号が令和に変わった二〇一九年の八月、新橋演舞場に、私はいた。

東京、銀座のこの劇場に、歌舞伎以外を見に来るのは初めてだった。

芝居の終盤、舞台の上には、額に飾られた一枚の写真があった。演者は、写真の中でほほ笑む、この舞台の原作者について懐かしげに語る。

観客たちもその写真に見入っている。赤いドレスを着た女性の姿には、見覚えがある。その写真は、確か、遺影にも使われたはずだ。

二十年以上前に亡くなった作家だが、日本に住む、ある程度以上の年齢の人間で、その作家の名前を知らない者はいないだろう。

舞台の中で、亡き原作者を弔んでいるが、その中には女優である作家の娘もいた。

客席には、夫もいる。夫と娘が、亡き妻、亡き母の描いた世界が再現された空間にいた。

人間は二度死ぬ、と言われている。

一度目は肉体が滅んだとき、二度目は人々に忘れ去られたとき。

しかし、作家は作品が遺る。もちろんすべての作家ではないけれど、世に残されるべき仕事をした作家の作品は、本、舞台、映像、人々の記憶の中で伝えられていく。

舞台上に写真が掲げられた作家の名前は、山村美紗。

京都を舞台としたその作品は、次々にテレビで映像化され、本は書店のみならず駅の売店にも並んでいた。

二百冊以上の本を出し、その半分以上がドラマ化され、高額納税者として新聞に名前が載り、赤やピンクのドレスを身に着け人前に現れた。

スポーツカーの運転やクレー射撃を趣味とし、日舞の名取りでもあり、芸能界や財界の著名人たちとも付き合い、旅館だった建物を改装した自宅で行われるパーティにはいつも百人以上が集まった。

白いピアノ、ステンドグラスの扉、豪奢なシャンデリアの自宅には、出版社の編集者や幹部たちが訪れ、ベストセラー作家である「女王」に執筆を依頼した。自宅には、彼女に贈られた胡蝶蘭が絶えなかった。

彼女は胡蝶蘭とひまわりが好きで、菊が嫌いだった。小説の中で多くの人々を殺したのに、死を連想させる花が苦手だった。

テレビでは、毎週のように、彼女が原作を書いた「山村美紗サスペンス」が放映され、また本が売れる。

彼女は「トリックの女王」「ミステリーの女王」と呼ばれていた。知名度、本の売り上げ、その華やかな佇まい、どれをとっても名実共に「女王」だった。

あるスキャンダル誌は、「今月の京都の女王様のご機嫌は」と、出版社の社長たちが、彼女を気にかける様を揶揄しながら取り上げた。「女王様」という言葉に皮肉が含まれていても、間違いなく、彼女は「女王」の名に相応しい人だった。

女王は一九九六年九月五日、東京の帝国ホテルで亡くなった。心不全、享年六十二。

山村美紗の死から、二十年以上が経った。

美紗が生きていたら、この「本が売れない」出版界の惨状を、どう思うだろうか。

初版部数は減り、文芸誌も次々に電子化、もしくは休刊し、「小説家」で小説だけで生活できる人はほんのひと握りだと言われている。

「ベストセラー」と銘打ってあっても、実売部数は驚くほど少ないということもある。

「印税長者で稼ぎまくってるんでしょ」

小説家だというと、たまにそう言われるが、とんでもない。共働きで賞与もあるお宅の家庭のほうがよっぽどうちより収入はあるはずですよと、言い返したくもなる。

「印税長者」とは、立派な家や別荘、クルーザーや島、着物などを買いまくって、貴族のような生活をしていた、私たちの世代にとっては夢でしかない世界に生きていた人たちにだけ使われていい言葉だ。

夢のような世界――。

まさに山村美紗という作家の時代は、夢のような世界であった。


山村美紗には様々な「噂」があった。

パーティの度にドレスを新調していたが、髪の毛をセットする時間はないので人前に出るときはウィッグを着けていた。

五十歳を過ぎても振袖を身に着けていた。

執筆する部屋には家族すら入れず、厳重に鍵がかかっていた。

暗唱番号でロックされた鍵は、度々番号を変えていた。

新聞に文芸誌の広告が載ると、定規で測り、自分の名前より大きく掲載された作家がいると、出版社に電話をかけ、その度に編集者たちが銀座千疋屋のメロンや胡蝶蘭を手に京都の家に謝罪に来た。

その千疋屋のメロンに、ブランデーをかけて食べて、「この食べ方が一番美味しいの」とご満悦だった。

他の作家が京都を舞台にミステリーを書くのを絶対に許さなかった。

新人編集者が、その「ルール」を知らずに、禁を犯したら、編集部に電話をかけてきて怒鳴りつけた。

中年だからと、忘年会で編集者たちに猿の恰好をさせ踊らせた。

編集者が美紗の家に行くと、一段高い場所に同志である西村京太郎とふたりで並び、編集者は乞われて芸を披露することもあった。

水着姿の写真を撮り、カレンダーにして出版社に送った。

隣の西村京太郎邸とは、地下道でつながっていたが、山村美紗のほうから西村邸に行くことはできても、西村邸から山村邸に行くことはできなかった。

派手好きで、大きな宝石を身に着け、着るものは赤かピンクばかりだった。

しかし、それらはあくまで「噂」で、大手出版社の週刊誌は、「女王」のゴシップを書くことは許されなかった。週刊誌は芸能人の不倫や政治家の金銭問題を暴いて記事にすることはできても、自社が版権を所有する人気作家の批判はしない。

「作家タブー」あるいは「文壇タブー」と呼ばれるものだ。

そんな中で、唯一、山村美紗を取り上げ続けていたのは、『噂の眞相』というゴシップ誌であった。二〇一九年一月に沖縄で亡くなった岡留安則編集長率いる『噂の眞相』だけが、有名作家のスキャンダルが書ける場所で、山村美紗は何度も西村京太郎と共に、「文壇タブーを暴く」と、その関係を取り上げられた。

『噂の眞相』の愛読者だった私は、京都には、そんなすごい作家がいるのだと、自分とは全く関係ない世界のことだと思いながら記事を眺めていた。

私は大学が京都の東山で、中退後もそのまま住んでいたこともあり、山村美紗と西村京太郎の家は身近な場所でもあった。あの頃、京都の人間で、ふたりの家を知らない者はいなかった。今でも、タクシーの運転手に「山村美紗の家まで」と告げて、「知らない」と言われたことは一度もない。

京都、東山霊山。目の前の道を下がっていくと、幕末の志士たちの墓がある霊山護国神社、高台寺、八坂神社に円山公園、知恩院、そして祇園。

もう一方、南に坂道を行くと、二年坂（二寧坂）、三年坂（産寧坂）、そして清水寺へとつながっている。

京都で、もっとも「京都らしさ」の風情が残る場所だ。

『噂の眞相』を読んで、山村美紗に興味はあったけれど、特に熱心な読者ではなかった。正直に告白すると、次々とドラマ化され、駅の売店には必ず並ぶ、あまりにも有名な「山村美紗」の作品が、当時はひどく俗っぽい気がしていて敢えて手を出さなかった。

そんな私が何故、今、こうして「山村美紗」について書こうとしているのか、書きたいと思ったのか。

まずはそれから話を始めよう。

第一章　京都の作家

「京都に根を張って、京都を書いている女性作家って、山村美紗さん以来いないんですよね」

そう言われたのは、二〇一〇年九月に第一回団鬼六賞の大賞を『花祀り』で受賞して、単行本出版の打ち合わせのため、賞を主宰する東京の出版社を訪れたときのことだ。

山村美紗は他の作家が京都を書くのを許さず、同志である西村京太郎ですら美紗が生きているときは京都を書くことはしなかった――以前耳にしたそんな話を思い出した。

「旅先の景色として京都を書く作家はいるし、京都に遊びに来て書く作家もいる。けど、京都に根を張ってる女性の作家で、今、京都を舞台に書いてる人はいないんじゃないかな」

編集者に言われて、私も考えてみた。京都を舞台にした小説は多い。けれど確かに、「京都に根を張って」山村美紗のように徹底的ともいえるほど京都を舞台にして書いている人は知らなかった。

今でこそ、京都が舞台のものは増えているが、大人にも子どもにも、普段本を読まない人たちにまで「京都の作家」として周知されている人は、その当時、山村美紗以外に思い浮かばなかった。

団鬼六賞の選考会の様子をそのままテキストにしたものをもらったが、そこにも、ある選考委員の言葉で、私の『花祀り』を、「京都シリーズか。山村美紗だなぁ」と、あった。

多くの人たちにとって、京都の小説といえば、山村美紗が最初に浮かぶ。

私自身は、京都の人間ではない。兵庫県北部で生まれ育ち、大学進学のために京都に来た、京都の言葉でいうなら「よそさん」だ。特に京都が好きで、京都に来たかったわけではなく、第一志望の大阪の大学に落ちて、やむをえず合格した京都の大学に来ただけだ。

そんな中、学生時代に修学旅行生に京都を案内するバスガイドのアルバイトをしたのがきっかけで、京都という街に興味を持ち始めた。もともと祖父の影響で大河ドラマを見ていて日本史が好きになり歴史小説ばかり読んでいた。特に幕末が好きな人間にとって、京都は歴史の舞台そのものだ。

三十代になり、様々な事情がありいったん実家に戻るが、数年後に再び京都に戻りバスガイドの仕事をしていた。そこから小説家になろうと決め、ジャンルを問わず小説を書いて文学賞に応募しようと決めた。そのうちのひとつが、官能小説の「団鬼六賞」だった。官能小説なんて書いたこともなかったが、生まれて初めて書いて、大賞を受賞した。

「団鬼六賞」は団鬼六自身を選考委員とする賞で、その年が最初なので、過去作品で傾向を知り対策を考えるということもできなかった。官能小説を書いたことのない私の対策は、「団鬼六の小説」をベースにするということだった。団鬼六は好きで、ほとんど読んでいた。団鬼六の小説の基本的なフォーマットは、まずは集団でひとりの女性を、というパターンで、章ごとに濡れ場を展開させ、「羞恥」を濡れ場のメインにすえる。

もちろん、団鬼六の真似事をしても、団鬼六以上のものは書けないのは、わかっている。そこで自分だけのオリジナリティが必要だった。私にしか書けない、私なら書けるもの。

そのときに浮かんだのが、「京都」だった。京都生まれではないが、長く京都に住み、京都観光文化検定二級を所有しているバスガイドでもある自分は、京都についての知識なら、人より少しばかりある。

しかし京都を舞台にした小説なんて、書店に行けば溢れている。京都で、今まで書かれていないもの――そんなときに京都高島屋の地下を、友人へのお土産を買う目的でぶらぶら歩いていて目にとまったのが「和菓子」だった。

皇族や貴族が住んでいた京都では、献上するために競って味だけではなく、見た目も美しい和菓子が作られ、今に続く。

私は美しく美味しい京都の和菓子の世界を舞台に、『花祀り』という小説を書いて「団鬼六賞」を受賞した。

『花祀り』を本にするための打ち合わせに訪れた出版社で、私は前述の「山村美紗以来、いない」という言葉を聞いた。

その時点でも既に山村美紗が亡くなってから、十数年過ぎていたが、テレビのドラマでは「山村美紗サスペンス」が放映され、「京都のミステリーといえば山村美紗」であるのは間違いなかった。


私の最初の作品『花祀り』が刊行されてすぐに、京都で生まれ育ったという女性の編集者から執筆依頼が来た。京都の女で、京都が好きで、だから手にとりました、と。京都を舞台に、「京おんな」たちの話を書いて欲しいと依頼されたのが、幻冬舎から出版された『女の庭』という小説だ。

次に依頼をくれた実業之日本社の女性編集者とは、大原を舞台にした『寂花の雫』を出版し、以後、私は京都を舞台に女の性を描き続けた。

その次に、山村美紗の名前が私の前に現れたのは、五冊目の本『女坂』(講談社文庫)が刊行された際のことだ。「女坂」は、京都の女子大である母校を舞台にした女同士の恋愛の話だった。ある会合で、『京都ぎらい』などのベストセラーの著者でもあり学者の井上章一さんにすすめられて書いたという経緯があり、解説をお願いした。

解説の中で、井上さんは「官能界の山村美紗」と、私のことを書いてくれた。もちろん、山村美紗とは知名度も本の売れ行きも何もかも違いすぎる。ただ、京都に住み、京都を書いている女性作家という共通点で、ありがたくもその名前を出してくださったに過ぎない。

京都という街を書くにあたり、ジャンルは違えど「山村美紗」の名前はついてまわる。

バスガイドの仕事でもそうだ。

「これ、山村美紗サスペンスに出てきた場所ね」

と、バスのお客様に嬉しそうに言われることは、たまにある。

山村美紗は生前、膨大な量の本を刊行しているが、そのほとんどが京都を舞台とし「京都で山村美紗が書いてないところは無いし、人が殺されていないところも無い」と言う人もいる、私自身も実際に山村美紗作品を読んで、そう思った。

作品は次々と映像化され、お茶の間に流れた。まだインターネットなどない、テレビが娯楽の中心だった時代だ。

ある程度以上の年齢の、多くの人にとっての「京都」とは、山村美紗の描いた京都なのだ。

山村美紗サスペンスを目にしたことの無い人なんて、いないのではないか。

京都という街が人を惹きつけるミステリアスな魅力は、山村美紗サスペンスがもたらしたものだ。神社仏閣があり、舞妓さん、芸妓さんのいる花街があり、上品で美味しい京料理があり、ミステリアスで非日常な「京都」。

それは山村美紗の描いた「京都」だ。

「困ったときの京都特集です」

ある雑誌の編集者にそう言われたこともある。雑誌で京都特集をすれば、広告がたくさん入り、売れるのだと。

山村美紗が京都を書く以前から、そうだったのだろうか？　確かに千年以上都があり、文化都市ではあるが、お茶の間に「京都」という街の特別感を浸透させたのは山村美紗ではないだろうか。

京都の神社仏閣を舞台に、美女の名探偵たちが事件を解決させるドラマは、連日私たちの目にふれた。

山村美紗が根を張り描き続けてきた京都――彼女にはやはり「女王」という名前が相応しい。

「今は、作家のスキャンダルを取り上げても数字がとれないんですよ。山村美紗さんのような、キャラクターが強くて誰もが名前も顔も知っている作家はいないでしょ」

WEBのニュースサイトの関係者と話していて、そう言われたときも、なるほどと思った。

今、もしも作家の誰が誰と不倫したと表に出ても、そう話題にならない気がする。

山村美紗のような作家は、もう二度と現れないのではないか。

キャラクターの強さもだが、本の売り上げが凄まじかった。

出版不況に喘ぐ時代の作家である私からすると「女王・山村美紗」は、本が売れて出版に活気があった夢の世界の象徴に思えた。

そのニュースをネットで見つけたのは、私が小説家になってまもない頃だ。

二〇一二年、近鉄百貨店上本町店で開かれた「～山村美紗とともに～山村巍《たかし》と祥《しょう》ふたり展」の記事だった。

故・山村美紗の夫と再婚した妻が、「山村美紗展」を開催するというニュースだ。

まず、「山村美紗の夫」が表舞台に出たことに驚いた。編集者から、「美紗さんの旦那さんを、お葬式で初めて見たという編集者がほとんどでした。それぐらい、表に出られてなかったんですよ」という話を聞いていたからだ。

その夫が絵を描き、しかも亡き妻の肖像画を、再婚した妻と展示をしているというのも驚きだった。その妻がまた、三十九歳下というではないか。

山村美紗の夫「山村巍」で検索すると、ブログを見つけた。そこには、亡き妻の絵の写真が次々に現れ、強烈なインパクトがあった。絵からひたすら念が漂ってくる。

私は山村美紗を写真でしか見たことがないが、似ている。赤やピンクのドレス、ウェーブのかかった髪の毛、面長の顔、それはまぎれもなく山村美紗だった。

これはどういうことなのだ。長年、表に出ることのなかった夫が、妻の絵を描いて、しかも再婚した妻と共に、展示をするとは。

山村美紗といえば、常に西村京太郎とコンビで語られており、ふたりはパートナーだったはずだ。

他の男と「パートナー」だった妻が亡くなってから、その妻の肖像画を描き続ける夫。それは愛なのか、執着なのか、いずれにせよ、夫はどういう想いでいるのだろう。

夫の絵を見つけて頭に浮かんだのは、一冊の本だった。

西村京太郎が、二〇〇〇年に朝日新聞社より刊行した『女流作家』という本だ。

単行本の帯と、ページを開いた巻頭にも、はっきりと「山村美紗に捧ぐ」と書かれてある。

ヒロインは女性推理作家の「江本夏子」。

山村美紗ミステリーの読者なら、彼女の小説の重要なヒロインである京都府警の検視官「江夏冬子」を連想するだろう。その江本夏子に恋する推理作家の名前は「矢木俊太郎」これもミステリーファンなら、西村京太郎氏の本名と似ていることに気づくはずだ。

『女流作家』では、このふたりの恋と小説家としての葛藤が描かれ、二〇〇六年には続編である『華の棺』が刊行されている。

この『華の棺』というタイトルも、山村美紗ミステリーの主要キャラである名探偵「キャサリン」のデビュー作『花の棺』と無関係のはずがない。

山村美紗をモデルとした『女流作家』『華の棺』については、林真理子氏との『週刊朝日』の対談で、真偽を聞かれ、「あくまで小説ですから」と京太郎氏は答えているが、その小説の中では、「江本夏子」は、夫とは離婚していて子どももおらず、事実とは異なる。

山村美紗には夫との間にふたりの娘がいた。

長女は女優の山村紅葉《もみじ》、次女は山村真冬《まふゆ》。山村紅葉は山村美紗や西村京太郎原作のドラマ化には欠かせない存在で、最近はバラエティ番組でも活躍している。若い人からすれば、山村美紗よりも山村紅葉のほうがお馴染みの顔になっているかもしれない。

『女流作家』『華の棺』は、どこまでが願望であり、どこまでが真実なのだろうか。

正直、理解できない、入り込めないところが多々ある小説だった。とにかく「江本夏子」には、次々に男性が寄ってきて、彼女に夢中になる。文壇の大御所から、若いカメラマンまで、男たちは「江本夏子」に惚れ、妻を捨てようとまでするのだ。

ここに登場する「江本夏子」という作家は、魔性の女と言っていい。激しい性格の女だが、次々に男を虜にする。

どうしてそこまで「江本夏子」は、男たちを狂わせるのか。

もしもこの本が真実ならば、前述の『噂の眞相』に度々描かれたふたりの関係を、京太郎は美紗の死後、肯定していることになる。

ふたりの関係が真実とするならば、他の男と愛し合っていた妻の肖像画を描く夫というのは、何を考えているのだろうか。それに付き合う、再婚した妻も。

山村美紗の死後、肖像画を描き続ける夫の山村巍。

山村美紗をモデルにして、ふたりの恋愛を小説にした西村京太郎。

私の理解の範疇を超えているからこそ、どうしても気になって仕方がなかった。

もしもそれを愛と呼ぶならば、その愛は、私には狂気にすら思えた。「執着」という言葉が浮かぶ。ひとりの女に対する、男たちの執着は、彼女が亡くなっても彼らを捕らえて離さない。夫の描く絵、京太郎の小説、どちらからも漂ってくるのは、山村美紗への執着だ。彼らはまるで山村美紗に取り憑かれているかのようだ。

亡くなったあとも離れない女の念が、絵や小説を描かせたのか。

そう思わずにはいられないほどに、山村巍が描いた美紗の肖像画からは、強い念が漂ってくる。そして小説『女流作家』からは、美紗がどれだけ魅力的で愛されていた女だったかということを残したい、という切々とした想いが伝わってくる。

私は山村巍のブログの山村美紗の肖像画を眺めながら、興味が日に日に募っていった。どうして彼は、この絵を描いたのだろう。

小説家になり京都市内に住み始めてから、京都東山・霊山の「西村京太郎邸・山村美紗邸」の前を通ったことはあった。

山村美紗邸には人の気配があり、窓越しに花が見えた。

西村京太郎邸は、主が湯河原に移住したあと、改装されアパートになっていた。借りてみようかとも考えたが、駅から遠く坂道で、車がないと不便そうだと断念した。そのアパートの跡地にはホテルが建設される予定だったが、理由は不明だが二〇二〇年春時点で、未だ工事は始まっていない。

東山・霊山を舞台とした、山村美紗、夫の巍、そして西村京太郎氏の関係は、何よりも「京都のミステリー」だった。自分の手に入らなかった女を主人公にして小説を書く作家、他の男とパートナーだった亡き妻をモデルに絵を描き続ける夫——。


私と「京都のミステリー」との接点ができたのは、二〇一五年の夏から京都新聞にて始まった「女の情念京都案内」という連載がきっかけだ。京都ゆかりの女性を取り上げるコラムで、山村美紗とその墓がある泉涌寺《せんにゅうじ》の楊貴妃観音をからめて書いた。

京都東山、泉涌寺には唐の玄宗皇帝が愛した楊貴妃に似せたと言われている観音像がある。玄宗皇帝が楊貴妃に夢中になり、国が乱れ、やむなく楊貴妃は殺された。

その少し前に、山村巍の記事が載った京都新聞も読んでいた。

そこで巍ははっきりと美紗と京太郎の関係を否定し、ずっと噂されていた、東山のふたつの邸宅が地下道でつながっているという話も「無い」と断言していた。

ふたりは友人関係に過ぎなかったのだと。

「これ、京都新聞だから書ける記事ですね。大手の出版社では無理です」

この記事を見て、ある編集者は、そう言った。

夫の告白は、西村京太郎氏の話を否定することになるから、京太郎氏の本を出している出版社はふれることができないという意味だ。

「記事のために美紗さんのお墓の写真を撮りに行くと山村夫妻に伝えたら、それならお墓参りをその日にしますとおっしゃっていました。よかったら花房さんもいらっしゃいませんか」

京都新聞の記者にそう声をかけられて、私はすぐに「行きます」と返事をした。

山村美紗の墓にも興味があった。京都東山、皇族の陵墓が多く「御寺」と呼ばれる泉涌寺の塔頭・雲龍院に、大きく墓石に「美」と書かれた墓があるのは知っていた。

「美」は、美紗の「美」か、あるいは「美しい」の「美」か。美紗自身の筆をもとにして刻まれたものである。

泉涌寺は私が中退した大学の近くにあり、仕事でも何度か行っているので、馴染みもある。

私は坂道を歩き、泉涌寺に向かった。

雲龍院の門のところに、すらりとした美女と、白髪頭に帽子をかぶった男性の姿が見えた。

山村美紗の夫・巍と、妻の祥だった。

墓の前で、京都新聞社の記者、カメラマンたちと一緒に、挨拶した。

三十九歳下の後妻である祥の顔を正面から見て、私は驚愕した。

面長の美人で、細身、ウェーブのかかった髪の毛——。

山村美紗に似ている。

山村美紗の墓の前に、山村美紗に似た女性と、彼女の夫が立っている。

私はしばし呆然と立ち尽くした。

私は山村美紗という人について、考え続けた。女性としても、そして「ミステリーの女王」と呼ばれ、毎年長者番付に名を連ね、作品が次々と映像化された時代の寵児としても――どのような女性だったのか。

彼女は何を望み、生きたのだろうか。

女として、作家として。

知れば知るほどに、山村美紗という人をもっと知りたいという衝動にかられた。

しかし、「山村美紗」の小説をいざ読もうとしたときに、没後二十年を過ぎて、書店で新刊がほとんど入手できないことに驚いた。

多くの本が電子書籍化されてはいるが、そうでないものは古本しかない。これでは書店で山村美紗の本と出会って新しい読者が生まれるということはできない。

二〇一六年、私は自分の新刊が発売されたので、幾つかの書店に挨拶まわりに寄った。山村美紗と同じく一九九六年には、司馬遼太郎も亡くなっている。『竜馬がゆく』『坂の上の雲』『菜の花の沖』『燃えよ剣』など、現在でも映画化やドラマ化をされる国民的作家とも呼ばれる司馬遼太郎の本が並べられ、「没後二十年、司馬遼太郎フェア」が、書店で展開されていた。

けれど山村美紗の本は書店に無いので、そのような催しもできないのだ。

あれだけ多くの本を出し、ベストセラーになり、ドラマ化されたのに。

たった二十年——けれどその歳月の間に、書店から山村美紗の本は消えた。

次々と作家が現れ本が出て、書店の棚は入れ替わり、ほとんどの作家は忘れられる——改めて、そのような現実を目の当たりにした。

「京都」の女王であった山村美紗の名前はみんな知っているけれど、紙の本が入手できないことが、ショックでもあった。

いつかは忘れ去られてしまう。

山村美紗ほど売れていた作家の本でも、書店から消えた。

今は、山村美紗サスペンスを題材にしたゲームや漫画も出ていて、ドラマ化もされているけれど、山村美紗という女性のことを知る人は減った。

山村美紗という作家がいたことを、残しておきたい——書かねばならない——。

かつて女王と呼ばれた作家の本が書店に無いという状況を見て、そう思った。

第二章　出生、結婚

山村美紗――山村は夫・巍の名字で、旧姓は木村である。
美紗という名前については、一九九〇年八月の『週刊読売』の桂三枝（現・桂文枝）との対談で、美紗自身が次のように語っている。

山村　私の名前もソ連に関係あるんですよ。美紗というのは『ミーシャ』なんです。
三枝　あ、美紗はミーシャからきてるんですか。
山村　父が大学から洋行して、フランスとかずっといて、帰りに船でソ連に寄ったら、ミーシャという人がいたんですって。それで私をミーシャって。母は怒ってるんです（笑）。
三枝　ハハハハハ。

木村美紗は、一九三四年（昭和九）京都市生まれと、公式プロフィールにある。

ただ、最初に断っておかなければならない。正しくは「一九三一年、昭和六年生まれ」だ。山村美紗の年譜を辿って調べていくと、幾つか矛盾があり、実年齢と公式とで三年の違いがあるのは週刊誌の記事になっている。

私も、以前、「山村美紗の同級生だった」という方と話す機会があったのだが、その際に、「山村美紗の公表してる年齢は、違いますよ。彼女は生年を詐称しています」と言われた。

巍に確認したところ、やはり「一九三一年、昭和六年生まれ」が正解であったが、この本の中では、公式プロフィールに従って、「一九三四年、昭和九年生まれ」で、すすめていくことにする。

美紗は京都市生まれではあるが、育ったのは京城《けいじょう》、現在の韓国・ソウルだ。

父の木村常信が、京都帝国大学大学院法学研究科に進学後、朝鮮総督府京城法学専門学校校長事務取扱に任じられたため、家族も日本統治下の京城に終戦まで暮らす。

美紗の父・木村常信は一九〇一年（明治三四）、京都市生まれ。大和大路四条の新道尋常小学校を出ている。祇園近くで育ったことから花街に馴染みがあり、のちに美紗が舞妓、芸妓を描く際に、父が生まれ育った環境が生かされた。

常信の父、美紗の父方の祖父の名は木村芳信。十八歳のときに徳島県貞光町から京都に出て、輸出用の扇子の絵を描いて財を成した。

その後、日本で初めてタクシー会社をはじめ、様々な事業に手を出した。相場もやっていたのだが、京都でのお茶屋通いの度が過ぎて、女遊びの結果、視力を失い、「盲目の相場師」と呼ばれるようになる。京都の有名人で、長者番付の上位に名前を連ねていたこともあった。女遊びで視力を失うというのは、梅毒による視力低下だろうか。今よりずっと衛生観念の無かった時代だ。

木村芳信のルーツは徳島県の祖谷渓《いやけい》で、祖谷といえば、平家の落人が住んでいたことでも知られている。壇ノ浦で滅んだのは実は影武者で、安徳天皇と平教経《たいらののりつね》一行は、祖谷にて平家再興の願いをかけながら隠れ住んでいたという伝説がある。祖谷は「かずら橋」が有名だが、かずら橋は源氏の討手から身を守るために作られたものだと言われている。

芳信も平家の子孫だと美紗の著作『平家伝説殺人ツアー』のあとがきに、美紗の娘の山村紅葉が書いている。となると、美紗は平家の末裔となる。平家にあらずんば人にあらずとまで言われ、京の街で権勢をふるった一族の血を引いているのだ。

常信は、財を成した父のもと、祇園のそばで生まれ育ち、旧制第三高等学校、現在の京都大学に入学する。

常信が京都帝国大学大学院法学研究科修了後、京城法学専門学校に赴任したのは、友人の身代わりだった。Sという友人が、京城への赴任を命じられたが、彼は親の介護をしており、悩んでいた。それを見かねて、自分なら気軽な身の上だからと、常信がSの代わりに京城へ行くと申し出た。

常信は、見合いで出会った女性と結婚した。

京都の伏見に住む、長谷川みつだ。

長谷川みつは、京都女専、現在の京都女子大学を卒業している。京都女子大学は浄土真宗本願寺派の学校で、創立には歌人・柳原白蓮《やなぎわらびゃくれん》などと並ぶ大正三美人のひとり、歌人でもあり、若くで亡くなった、西本願寺の門主の娘・九条武子が「女子のための学校を」と、尽力した名門であった。

みつの父・長谷川宗太郎の家は、代々、伏見で庄屋を務めていた造り酒屋だった。宗太郎は、それに加え、かつて伏見大手筋にあった伏見大手座などの芝居小屋も経営し、市会議員も務めた地元の名士だった。

長谷川宗太郎の姉・長谷川マスは、日本を代表する時代劇俳優でもあり、宝塚歌劇「ベルサイユのばら」などの演出家としても知られる長谷川一夫（当時は林長次郎）の母親だ。つまり、長谷川みつと、長谷川一夫はいとこ同士になる。

みつは京都女子大学英文科を卒業したのちに九州大学の聴講生になり、弁論大会で優勝するような才女だった。また教養があるだけではなく、社交的な女性であった。

しかし、それだけ優秀な女性でも、見合いで結婚し専業主婦になった。それが当時の女性の当たり前の生き方だった。

常信とみつは結婚し京城で暮らし始める。みつが妊娠し、京都、伏見の実家で子どもを産んだ。

長女・美紗の誕生である。

長谷川みつの実家は、京都市伏見区柿ノ浜町、月桂冠の蔵元の近くだった。伏見は酒どころとして知られ、黄桜などの有名な酒蔵が立ち並び、春になると菜の花が宇治川沿いに咲き誇る。

酒どころとしての伏見の歴史は古い。豊臣秀吉が伏見城を築城し、諸大名の屋敷が周辺に集まり、大きな城下町として形成された時代から、当時の書物に「伏見酒」「伏見樽」などが登場する。人が行き来する町となって、かつて「伏水」と呼ばれた良水を使い、酒造りが広まった。

また伏見には大阪湾へとつながる淀川に合流する宇治川が流れ、そこは幕末の志士たちの起点でもあり、宿屋や遊郭なども立ち並んで、現在でもその名残がうかがえる。

長谷川家のすぐ近くには長建寺もある。長建寺は中書島《ちゅうしょじま》遊郭の一角にある真言宗醍醐派の寺院で、弁財天を祀っている。宇治川、淀川を廻船で行き来する人たちの守護神でもあり、遊郭の女たちの技芸上達の神様でもあった。

長建寺の目の前には、宇治川派流が流れている。この川は、豊臣秀吉が伏見城を築城する際に造られた運河だ。建築用の木材を運ぶのに使われ、伏見城の外堀につながっていた。

すぐそばに、薩摩藩の定宿で、坂本龍馬と妻・おりょうの出会いの場とも言われる寺田屋もある。寺田屋の前から三十石船が出ていて、葦が茂り、柳の木が揺れ、かつては時代劇のロケがよく行われていた。京城から戻った少女時代の美紗は、妹たちと川の付近で花を摘んだり、スケッチをしていた。

寺田屋で龍馬が襲われそうになった際に、風呂に入っていたおりょうが伏見奉行所の捕り方の気配を察し、全裸で二階にいる龍馬に伝え難を逃れた話は有名だが、そのあと、龍馬とおりょうは、美紗たちが付近で遊んだ川を走る三十石船に乗り、九州の霧島に行き、これが日本で最初の新婚旅行だと言われている。

寺田屋は、幕末動乱の舞台となり、薩摩藩の同士討ち「寺田屋事件」の舞台でもあった。現在、寺田屋は見学することができ、幕末ファンたちが多く訪れている。庭には、寺田屋の女将であったお登勢を祀る「お登勢明神」があり、龍馬とおりょうを結び付けたということで、縁結びの神となっている。

のちに美紗は、京都東山の第二次世界大戦で亡くなった人たちと、幕末の志士たちが眠る霊山護国神社の近くを終の棲家とするが、霊山護国神社には坂本龍馬の墓がある。

坂本龍馬といえば、司馬遼太郎の『竜馬がゆく』により、日本人に大人気の人物で、霊山護国神社の墓には、多くのファンが訪れ、龍馬への言葉を瓦に書き残している。

近年は、伏見の中書島駅から伏見桃山駅へ続く道に「竜馬通り」という名がついて町おこしをして賑わっている様子だ。

美紗は、自身とゆかりの深い坂本龍馬暗殺の謎を基軸にした、『坂本龍馬殺人事件』という小説も書いている。

みつの育った家には、いとこである長谷川一夫も住んでいた。

一夫の母・マスは、一度嫁いで三人の子どもをもうけ、離婚し、弟のいる実家に住んでいたが、近くの伏見三七連隊に勤務していた年下の特務曹長の子どもを妊娠する。これが、長谷川一夫だ。マスは京都伏見、六地蔵で一夫を産んだが、相手の男の家が結婚を許さず、マスは実家で一夫を育てる。

マスの弟・長谷川宗太郎には五人の息子とふたりの娘がいたが、一夫と同い年のみつは、特に仲がよく、「みっちゃん」「かずさん」と呼び合っていた。

マスは一夫を軍人にしたかったが、一夫が五歳のとき、宗太郎の経営する大手座で、芝居の興業を前にして、座員とその子どもが夜逃げする事件があり、急遽、一夫が代役として舞台に上がり、堂々と役をこなした。

それがきっかけで、長谷川一夫は芝居の世界に入り、のちに「林長次郎」という芸名でデビューする。しかし松竹から東宝に移籍をする際のトラブルで、何者かに切りつけられ顔に傷を負う事件もあった。移籍の際に、「林長次郎」から本名である「長谷川一夫」に名前を変えた。

長谷川一夫とみつは、大人になってからも仲がよく、みつが常信と結婚した際も一夫が式に駆け付け、「こんな化粧じゃだめだ」と、いったんみつの化粧をとり、一夫自身がメーキャップと着付けをして美しく仕上げた。みつが京城に渡った際、戦時中に美紗一家が住む京城の家に遊びにも来て、美紗とも顔を合わせている。

常信とみつの間には、四人の子どもが生まれた。

美紗が長女で、その下にはふたりの妹、弟がいる。

弟の名は木村汎《ひろし》。のちに父と同じく京都大学法学部を卒業後、京都大学政治学修士課程修了、コロンビア大学に入学し、哲学博士号を取得した。北海道大学名誉教授、国際日本文化研究センター名誉教授などを歴任し、第十四回アジア・太平洋賞大賞を受賞、二〇一六年、瑞宝中綬章受勲、同年、第三十二回正論大賞受賞、ロシアに関する多くの著作物を残している。

木村汎氏は、この本の執筆中、二〇一九年十一月十四日、くも膜下出血にて八十四歳で亡くなり、美紗のきょうだいは全員鬼籍に入った。

優秀な父母の血を引く美紗は、きょうだいの中でもひときわ知的で早熟だったと、弟の汎が書いている。小学生だったにもかかわらず、二階の壁面にそなえた本棚から、谷崎潤一郎の『細雪』、吉川英治の『鳴門秘帖』『宮本武蔵』などを次々に読破していた。

優秀ではあったが、美紗は生まれたときから体の小さい子どもで、幼少期には「豆つぶ」と呼ばれいじめられていたこともあった。その際は得意な折り紙を皆の前で披露し、人気者になった。

本だけはいくらでも買い与えてくれた父の影響で、幼い頃から読書に親しむ空想好きの少女だった。三歳のときから百人一首に親しみ、小学生時代に『和漢朗詠集』を筆写したほどで、『百人一首殺人事件』『清少納言殺人事件』など、のちの作品にも生かされている。

内気で、人前でものも言えないような子どもだった。先生が出席をとり始めるだけで緊張し、「木村」と自分の名前が呼ばれる頃には喉がからからになり、顔面が蒼白になって声が出ない。教師は美紗のところまで来て、「欠席か?」と声をかける。

通知表には「非常にナイーブでおとなしい」と書かれ、音楽のテストでもひとりで歌うことができず、六年間、一度も歌わず卒業したほどだった。

のちに中学教師を辞めたのも、「生徒を連れて遠足に出かけると、バスの中でマイクがまわってきて歌わなければならない」それが嫌で退職したと書いている。

美紗の少女時代の作文が、国立国会図書館に残っている。

「お風呂たき」という題名で、これは一九四二年(昭和一七)、戦時中に刊行された『綴方子供風土記』に収録されているものだ。

この本は児童文学作家の坪田譲二による、「この大いなる時代の子どもの生活を記録しておきたい」との念願が叶い、作られた文集である。総数二千四百一篇集まった作品の中から、四十九編が選ばれ、その中のひとつが京城師範付属第一校三年生「木村美紗」の作文だった。京城から選ばれたのはふたりだけだった。

『綴方子供風土記』は、当時の子どもたちの生活を残そうという意図により、趣意書には「地方の特色を出してください」と書かれて集められた。のちに「京都」を舞台に描き続けた美紗は、その趣意の通りに、京城の冬での生活に、オンドルやオモニなどを登場させ、母や妹や弟たちとのやり取りを描き、読み手にも映像が浮かぶように描写している。

二千編以上集まった作文の中から、自分の作文が選ばれたのは、美紗にとって何より嬉しい出来事だった。『綴方子供風土記』は大事にしていたけれど、引っ越しを繰り返すうちにボロボロになり、手元には残らなかった。

木村一家は京城では恵まれた生活を送っていた。

常信は学長、勅任官であり、一家は総督府の官邸に居住していた。広い庭のある四百坪の家で、お手伝いさんが七人ぐらい、運転手もいて、美紗は小学校への通学は、父親の車で行っていた。京城での暮らしは美紗にとって「夢のような豊かな生活」だった。

父親は仕事や付き合いで忙しく、母は総督府の園遊会で出歩いていた。毎日べったり一緒にいられたというわけではないが、美紗は母より父を尊敬していた。

自由な考えの持ち主で、子どもに対して何かを強制することなど一切しない父は、自身も好きなように生きていて、その父の生き方は、美紗自身にも大きな影響を与えた。

気弱で恥ずかしがりやな少女ではあったが、本はいくらでも買ってもらえて、絵もピアノも習字も、自分から望んで学んでいた。

美紗は京城師範学校を、一、二番の優秀な成績で卒業し、京城第一高女へ進学し、敗戦を迎える。

夢のような生活は、すべて失われた。

＊

戦争で負けると、地獄が待っていた。

京城在住の邦人も引き揚げを始めたが、常信は京城法学専門学校の校長事務取扱という役職ゆえに、朝鮮人の後継者との間に事務引き継ぎを完了する責任があると考え、早期引き揚げの機会を逃した。

木村家は全財産を失い、満員の貨車に乗って九州の門司にたどりついた。引き揚げるまでの日を、木村一家は、京城の道端に座り、常信の本や家財を売って食いつないで過ごした。

京城では、それまで日本の支配下にいた朝鮮人たちが、民族衣装を身に着け、独立の歓声をあげ街を歩き、米兵を乗せたジープも走っていた。外出禁止令が出され、不穏な夜が続き、精神がおかしくなった日本人の元憲兵が、日本刀で同胞を切り殺す事件も起きた。

敗戦国日本の国民である自分たちは、殺されるかもしれない――そんな恐怖が続いた。

零下十八度の厳しい寒さの中、一家は震えながら身を寄せ合い、引き揚げ列車に乗った。列車といっても、動物を運ぶ車両で、電灯もトイレも水も無い。そんな列車で、京城から釜山まで何日も走り続け、家族の表情に笑顔は無く、気持ちも暗かった。

釜山に着いても、引揚船に乗れない人たちが溢れていた。十二月で、気温は夜には零下まで下がる。泣き叫ぶ子どもや、生きているのか死んでいるのかわからず動かない人々の姿が、美紗の目に焼き付いた。

オンドルのある暖かな家で、何不自由なく暮らしていた美紗の身体を、過酷な寒さが蝕む。食べ物も無く、温かい布団も無い。常に死の恐怖と隣り合わせに自分はいるのだ。

引き揚げの際は、日本円にしてひとり千円しか持って帰ることができなかった。隠し財産が見つかると、見せしめのために銃殺されるという情報が伝わってきた。

美紗は、栗の中身をくり抜き、中に紙幣や母の時計を隠して接着剤で張り合わせ、自分と弟のポケットにその栗を入れて日本にたどりついた。その母の時計は、ずっと美紗の宝物としてそばに置いていた。

弟の汎が、博多の闇市で外套のポケットが破れたのに気づき、紙幣の入った栗を一個落としたのに気づくと、美紗は「おカネのことなど、気にしなくていいわよ。一家全員が内地に無事帰国できたことのほうがずっと大事なのよ」と言いつつ、汎の手を引き失った栗を求め夜の博多を歩き回ったが、結局見つかることはなかった。

博多に着いたときに、朝鮮に帰る人たちがいて日本円と替えることができたので、美紗が栗の中からお金を出すと、父も母も娘のアイデアに驚いた。そして、その金で、一家はしばらく食いつなぐことができた。

両親は共に故郷である京都に戻りたがったが、食糧事情が悪いと聞き、父方の祖父がいる四国の徳島に向かう。

常信の父・芳信は小豆相場に手を出し失敗し、故郷の徳島に帰っていた。祖父の土地を頼りにしたのだが、一家が帰国した翌年に芳信は亡くなり、他人に貸した土地は木村家に戻ることは無かった。

常信は徳島県庁でGHQに出す報告書の翻訳などの仕事をして、美紗も高校生ながらに数学と英語の家庭教師として働いた。一九四七年（昭和二二）四月十五日に、常信は徳島県勝浦郡横瀬中学校長となるが、それでも子ども四人を抱えた生活は苦しかった。

翌、一九四八年（昭和二三）に、常信は大分にて大分経済専門学校教授の職に就き、一家は九州に移る。大分大学図書館長、大分大学教授などを勤めていたときに、思わぬ縁がきっかけで京都に戻ることができた。

常信が、京城に来る際に、身代わりとなったS氏が、一家に手を差し伸べた。彼は常信のおかげで京都大学に残り、家族の世話をすることができた。終戦後、S氏は、恩人である常信が九州にいることを知り、京大に掛け合い、常信を呼び戻すように頼み込んだ。S氏は、そののちも木村家と交流し、美紗が結婚してからも付き合いは続いた。

一九五〇年（昭和二五）、木村常信は京都大学教授の座に就き、一家も京都に居を構える。常信の実家はもう京都には無かったので、みつの実家、長谷川家の近くの伏見で暮らし始めた。


美紗は府立桃山高校の三年生に編入する。

桃山高校は、明治天皇が眠る桃山御陵、かつて豊臣秀吉が築いた伏見城跡の麓にある。すぐそばには明治天皇の妻である昭憲皇太后の伏見桃山東陵、京都に都を築いた、第五十代天皇・桓武天皇の柏原陵も近い。

秀吉により築かれ、また秀吉が生涯を遂げた伏見城は、のちに徳川家康の手に移り、関ヶ原の戦い前に、石田三成らの軍勢が攻めてきたことにより、城を守り、壮絶な死を遂げた鳥居元忠たちの血の跡が、養源院《ようげんいん》などの寺院に「血天井」として祀られていることでも有名だ。

伏見城の花畑跡には、一九六四年（昭和三九）に伏見城を再現した「伏見桃山キャッスルランド」という遊園地が作られた。二〇〇三年（平成一五）に、遊園地は閉園したが、「伏見桃山城」として建物は残されており、映画の撮影にも使われ、現在でも阪神高速道路京都線から眺めることができる。

桃山御陵は、天皇の陵墓として立ち入りが禁止されているが、美紗の小説の中に度々登場している。

京都に戻りはしたが、過酷な引き揚げ体験と、貧しいがゆえの栄養状態の悪さが、美紗の身体を蝕んでいた。美紗は戦時中、京城にて学童動員で工場で働いた際に、雲母灰を吸い込んだことが原因で喘息を発症していた。この喘息が、戦後の栄養状態の悪さで、再び現れた。各地を転々とする生活で、せっかくできた友人とも離れ離れになってしまう精神的なものもあった。喘息により、高校にもまともに通えず、家で臥せっている日々が続いた。「いつ死ぬかわからない」と周りが心配するほどだった。

美紗は孤独だった。

学校では、親切に声をかけてくれる友人が何人かできたが、標準語しか話せない美紗に、京都弁の彼らは、異邦人を見るような目をした。

暗い青春の日々だから、当時の記憶はあまりない。面白くなかった時期のことは無意識に忘れようとしていたと美紗はのちに語る。

水しか飲めぬ状態が続き、布団から起きられない生活だったが、少し楽になると推理小説を読みふけっていた。

弟の汎が学校から帰ると、待ちかねたように貸本屋のお使いを頼んだ。美紗は、うつぶせになって貸本を読むか、天井を眺めて数学の問題を考えていた。動くことができない美紗ができることは、それぐらいしかない。

本来なら十代の、一番元気な青春時代であるはずだった。

友人もいない。恋もできない。何しろ、立ち上がることすら大変なのだから。楽しみといえば、本を読むことだけだ。

自分は長生きできないだろう。いつ死ぬか、わからない——美紗はそんな日々をじっと耐えて暮らしていた。

だからこそ、好きなように生きたい。

当たり前に健康で、生きることが許されている人間たちと私は、違う。人より、強くならねば、強く生きねば、身体が弱いなら、せめて心だけでも強くあらねば——。

ソウルや四国や九州では、自分たち一家はよそものであり、家族が一団となって、異国を旅行しているような連帯感があったが、京都に戻り忙しくなった両親とも連帯感が失われたような気になって、親の愛に飢えていた。

病気のつらさと寂しさをまぎらわせるために、空想ばかりする美紗に父も母も手を差し伸べてくれはしなかった。

おそらく、ふたりとも自分のことで精一杯であったのだろうとはわかっているが、「いつ死ぬかもわからない」と言われた孤独な娘の心は苛まれた。

もともと母のみつは、母性的な女性ではなかった。病気で寝ている美紗の薬を買いに行ったまま、買うのを忘れて友だちの家に遊びに行ってしまうような人で、食事も、美紗が自分から食べようとしなければそのままずっと放っておいて、「何か食べる?」なんて絶対に言わない。

京城にいた頃は、大勢のお手伝いさんがいたから任せておくことができたが、京都に戻り、美紗は母の冷たさに気づいてしまう。

父の常信も終戦のショックで傷つき、娘にかまう余裕がなかった。

こうなって初めて、父がデリケートな人だということに美紗は気づく。優秀で、エリートの道を歩んできたはずなのに、終戦後、職を求め各地を彷徨い、屈辱的なこともあっただろう。父は傷ついて、それでも家族を食わせなければならず、必死だった。

それはわかっているけれど、特に父には無償の愛を捧げられていたと思っていただけに、自分のほうを向いてくれないのが、寂しくてたまらず、「冷たい」と感じていた。

そんな両親のもとで、美紗は諦めの気持ちを持つようになったが、だからこそ、自分の内面に目がいくようになり、外国の推理小説の主人公にのめりこむようになった。

美紗の逃げ場は、空想と小説の中にしかなかった。


一九五三年（昭和二八）に木村美紗は京都府立大学国文科に入学と、プロフィールにはある。これは正確にいうと、四年制の京都府立大学国文科ではなく、京都府立女子短期大学だ。当時、「京都府立大学」は、「西京大学」という名称だった。一九四九年から一九五九年までが「西京大学」で、農学部と文家政学部しかなく、国文科は存在しない。府立女子短期大学は西京大学、のちの京都府立大学に併設されていたが、一九九八年（平成一〇）に廃止されている。「木村美紗」が卒業しているのは府立女子短期大学の国語科だ。

公立大学に進んだのは、高校は喘息でおおかた休んでいるし、父は公務員でお金が無いから、授業料の安い公立を受けろとすすめられたからだ。短大に進学したのは、身体が弱いから、四年制大学を卒業するのは無理だろうというのもあった。

のちに京都大学を卒業して学者となった弟の汎よりも、「頭がいい」と言われていたぐらいだったので、不本意ではあっただろう。

もしも美紗が健康な男に生まれていたら、父のように京大に行き学者になっていたかもしれないが、それは叶わないことだ。学校の授業で好きなのは数学と物理だったが、女で理系に進学することは稀な時代だったので、美紗は国語科に入学し、国語教師の免許を取得した。

戦争が影を落とす昭和二十年代は、今では想像がつかないほどに女性の地位が低い。女性に選挙権が与えられたのは、昭和二十年だ。戦後は復員してきた男性のために、女性が次々と職場を解雇されるような時代だった。

のちの東京大学、京都大学、当時の東京帝国大学と京都帝国大学が、女子に門戸を開いたのは、第二次世界大戦が終わった翌年、昭和二十一年だ。

ましてや理系分野で大学に入る女子は稀である。女性で初めて理学博士が誕生したのは、これよりずっとあと、一九五九年（昭和三四）まで待たなければいけない。

このような状況の中、美紗が大学に入り、物理や数学を学ぶということは難しかった。

どれだけ優勝な女性でも、当時は結婚して、子どもを産むと家庭に入るのが一般的で、美紗の母親もそうだった。特に京都は、ご近所の目もうるさく、封建的だった。

短大卒業後、木村美紗は、国語教師として伏見中学に赴任し、そこでのちに夫となる山村巍と出会う。

伏見中学は、美紗の母のいとこであるスター・長谷川一夫の母校でもあり、美紗が赴任する前、一九五一年（昭和二六）には、長谷川一夫が母校に本を一万冊寄贈するための舞台公演を開催し、一夫が招いた東宝の有名な女優たちも訪れ、大変賑わった。その一夫の公演の際に、マイクの係をしていたのが巍だった。この時点では、巍は、長谷川一夫と将来親戚になることなど、もちろん知らない。

長谷川一夫が中学校で舞台公演をすることは珍しかったが、母校、そして生まれ育った伏見には強い愛着があったのだろう。長谷川一夫が亡くなった際、場所は東京であったが、葬儀は京都の様式で行われたことからも、それがうかがえる。

山村巍は、一九二八年（昭和三年）大阪・帝塚山で生まれた。

疎開で京都に移り、立命館大学理工学部を卒業後、最初は録音技師になったが、当時、映画の世界は酒の付き合いが多く、下戸である巍は退職して、数学の教師となる。

巍が伏見中学に勤めて数年後、美紗が国語教師として赴任してきた。当時から、派手で明るい色の服を身に着けて、目立っていた。

美紗は、身体が弱いのに、学校のことを大事に考えて授業を進めてくれているという話を教務主任から聞いた巍は、良心的で熱心な人だという印象を受け好意を持つようになった。

あるときふたりは共に図書係になり、度々話す機会ができる。美紗は、巍が乱雑な字を書いているのを見て、「あとの人のことを考えて、時間がかかっても綺麗な字を書きましょう」と注意してくれ、気遣いのできる人だと、巍は美紗への好意を募らす。

音楽が好きな巍が、空いている時間に音楽室のピアノで演奏をしたり、図書室で昼休みにレコードコンサートをしたりしていると、美紗が手伝ってくれて、趣味も合うことを知る。巍は、美紗と結婚したいと思うようになった。

しかし、美紗には数々の求婚者がおり、「おはちが回ってくるまで三年かかりました」と巍が語る。

病弱ゆえに華奢な身体の美紗は、巍によると、現実感がなく、そこが男たちの支配欲を刺激した。多趣味で知的で、話していると楽しく、男心を捕らえた。

美紗の自宅には、父の教え子である学生たちや助教授が出入りしていた。彼らが美紗を見て、口々に「素敵なお嬢さんだ、結婚したい」「お嬢さんとお茶を飲むのに許可をください」と、父親に言ってきた。

親同士がすすめている結婚話もあり、相手は東大を首席で出た優秀な青年だったが、初デートで醍醐寺に行った際に、美紗が「お腹が減った」と言うと、彼が「うどんを食べよう」と言うので幻滅した。

そんな数々の恋のライバルがいる中で、巍は美紗の誕生日に、花束と彼女のために作詞作曲をした楽譜を手に美紗の家を訪れる。しかし、誕生日を祝う人たちの中、巍は招かれざる客だった。

常信は巍が中学教師であることに不満そうだった。京都大学教授である常信は、「自分の娘を中学教師にやれるか」と、どこかで見下す気持ちもあった。

それでも巍は諦めなかった。無口ではあるが、これぞと決めたら自分を貫き通す芯の強さが巍にはあった。

美紗のために作った歌の楽譜を見て、居合わせた音楽家が、「せっかくだから歌ってみよう」と、気をきかせ、歌った。

大喝采を受け、巍はその場の主役に躍り出た。美紗も、高価なプレゼントよりも、自分のために曲を作ってくれたことが嬉しかった。巍の姉は音楽教師をしていたので、巍は遊びの中で、作詞作曲の技法を身に付けていたのだ。

常信は、巍はただの数学教師ではないと見直し、徐々に態度は軟化していった。美紗は自慢の娘ではあるけれど、何しろ、身体が弱い。良家との縁談があっても、苦労をさせるよりは、誠実で美紗をきちんと愛してくれる男のほうがいい。

巍の一途なプロポーズに美紗も応えた。

同じ職場だからこそ、巍の人柄はよく知っている。

この人なら、一生、私を愛し続けてくれる――。

孤独な青春時代を過ごした美紗は、自分を愛してくれる男を何より求めていた。自分だけを愛し、裏切らない、無償の愛を捧げてくれる男を。

一九五七年（昭和三二）、巍と結婚し、木村美紗は「山村美紗」となり、京都の南、伏見の深草で暮らす。前年には皇太子明仁親王と正田美智子の結婚で、日本中が「ミッチーブーム」で湧いていた。

結婚式は、巍が住んでいた深草の六畳二間の部屋で、お互いの両親を含め二十人ほどを呼んで、楚々と行われた。新婚旅行は伊豆修善寺に行き、ゆったりとした幸せな時間を過ごした。財産や蓄えは無くとも、若いふたりは幸せだった。病で苦しみ、孤独に陥っていた美紗が手に入れた小さな幸福だった。

新婚当初、巍がピアノを弾き、その傍で笑みを浮かべて佇む美紗の写真も残っている。

結婚より少し前に、恋人同士で同じ職場は好ましくないだろうと、巍は東山区六波羅にかつてあった洛東中学校に異動していた。

結婚した翌年の一九五八年（昭和三三）頃から、美紗は株の売買を始める。以前から興味があったのは、祖父で「盲目の相場師」と呼ばれた芳信の影響もあった。子どもの頃、祖父は「株をするときは、少ない利益でいいから、要するに儲かりゃいいんだ。それで、何回も勝負したらいい」などと、小学生である美紗相手に株の面白さを話した。

美紗は、お金儲けをしようと、株に手を出した。裕福な生活と貧しいどん底、両方経験していたから、どれだけお金が重要なものか身に沁みている。生活に不満はないけれど、教師同士の夫婦で、これから収入が大幅に変わることはない。お金が必要だ、余裕を持ちたいという気持ちは、常にあった。だから、少し試すつもりで、給料やボーナスで貯めた十万円を手にして、四条の大和証券に行った。

二、三日様子を見ながら、これがいいんじゃないかと三菱地所を買うと、二日後に値上がりした。利益が出て、有頂天になった。

お金が儲かるというだけではなく、予想をして決断をしての株というゲームが楽しかった。時代もよく、美紗は勝ち続けた。相場師として財をなした祖父の芳信の才が受け継がれたのかもしれない。デビューしてからも、株の本を出すなど、作品の中で株の知識は生かされ、『シンデレラの殺人銘柄』、『マネーゲーム殺人事件』をはじめ、株を題材にした小説を何冊も書いている。

株取引を始めて数年後には、儲けた三百万円と、銀行から借りた金でアパートを購入し、不動産収入も得るようになる。株への熱中は、小説家になるまで続く。

一九六〇年（昭和三五）、結婚して三年目に長女・山村紅葉が誕生した。待望の子どもだった。その二年後の一九六二年、巍は、のちに定年まで過ごすこととなる東山高校に赴任する。

東山高校は京都市左京区、紅葉の名所として知られる永観堂、哲学の道のそばにある浄土宗系の私立の男子校で、みうらじゅんや、数多くのスポーツ選手が卒業している男子校だ。

ノンフィクションライターの田崎健太、占星術研究家として知られる鏡リュウジは、巍の教え子である。鏡リュウジの母は、日本で最初に着物の学校「服部和子きもの学院」を創立した服部和子だ。服部和子は、デビュー前から亡くなるまで、美紗とは永く交流を続けた親しい関係だったが、巍が自分の息子の担任だったと知ったのは、ずいぶんあとだったという。

出産してからも教師の仕事は続けていたが、一九六四年（昭和三九）、美紗は伏見中学を退職した。

第三章　江戸川乱歩賞

一九六三年（昭和三八）、美紗二十九歳のときに、第九回江戸川乱歩賞に『冷たすぎる屍体』が、予選通過している。

このとき、長女の紅葉は四歳で、次女はまだ生まれていない。

推理小説は何より好きだった。伏見中学校の教師を勤め、試験監督をしながら机の下で読んでいた。美紗が夢中で小説を読んでいるので、生徒はカンニングし放題だった。

優しく堅実な夫と、可愛い娘がいて、株を始めたことにより経済的にも潤っている。満たされた主婦だったはずの美紗が、何をきっかけに小説を書き始めたのだろうか。

美紗は、よく巍に読んだ小説の話をしていた。熱心なミステリー小説の読者だった美紗は、既存の作品を巍に向かって批評した。あれはよくない、私ならこうする、と――それなら自分でも一度、書いてみればいいと、巍が言った。

巍は、美紗には小説の才能があると気づいていた。美紗が大事に持っていた、京城での小学生時代に『綴方子供風土記』に収録された美紗の作文を読んで、そう思っていたのだ。

当時、美紗が住んでいた日本統治下の京城のあった朝鮮は、現在の南北朝鮮の両方にまたがって領域が広く、その中から二編だけ選ばれ、一編が美紗の書いた「お風呂たき」だった。

朝鮮の寒い寒い日に、苦労してお風呂たきをして、家族に喜ばれた日常のひとコマのような作文だったが、実際には、当時の朝鮮は先住民の労働力は有り余っており、美紗の家にも数人のお手伝いがいるので、その家の娘が風呂たきをするのはあり得ない——つまり、これが美紗の想像による「創作」であるのは、おそらく当時の担任も承知のことだったであろう。

それだけに、想像の世界のことをここまでリアルに描く能力に、担任も才を感じていたからこそ応募したのだと巍は考え、美紗に小説を書くことをすすめた。

けれど美紗は、小説なんて特別な才能のある人にしか書けない、自分は小説作法も学んでいない、と躊躇《ためら》った。そんな美紗に、巍は乱歩賞の応募要項を見せて、締め切りまで半年あれば書けるだろうと背を推した。そして美紗は筆をとる。身体が弱くて、様々なことを諦めてきたが、小説家なら家にいてもできる。

空想好きで病弱な読書家の少女であった美紗も、『綴方子供風土記』に選ばれたことをずっと誇りに思っていて、文章で評価され多くの人に読まれたのだという喜びは胸の中に残っていた。何しろ、二千人以上の中から、京城ではたったふたりだけしか選ばれなかったのだ。

けれど当時は、女性が気軽に小説家になれる時代ではなかった。新人賞の数そのものも少なく、京都の中学教師に過ぎない美紗には、文壇との伝手もない。

何より、熱心なミステリー小説の読者であるからこそ、「自分のようなものにはなれない」とも思っていた。

子どもの頃から数学と物理が得意な美紗は、事件が起こり、推理され、犯人が逮捕されるという、はっきりとした「答え」が導き出されるミステリーが好きだった。

一九五八年（昭和三三）に、松本清張の『点と線』『眼の壁』が刊行され大ヒットし、社会派ブームが始まった。この社会派の中から、新たなミステリー作家たちが世に出ている。

江戸川乱歩賞は、江戸川乱歩の還暦パーティの場において、乱歩自身が寄付をし、推理小説の興隆、推理作家を世に出すために日本探偵作家クラブ（現・推理作家協会）によって一九五五年から始められた賞だ。

美紗が結婚した一九五七年（昭和三二）、第三回から公募になり、その受賞者が仁木悦子だった。幼少期に胸椎カリエスを発症し、車椅子生活を送っていたが、熱心なミステリ―の読者で、自身も筆をとった『猫は知っていた』が乱歩賞を受賞し出版され、ベストセラーとなり、映画化もされる。当時、自身も選考委員だった江戸川乱歩の選評から、仁木悦子は「日本のクリスティー」と呼ばれた。

乱歩賞は、講談社がバックアップし、現在でもミステリー作家の登竜門として知られている。

数ある文学賞の中でも、息の長い活躍をする作家が生まれるとされている。

女性である仁木悦子が、この賞をきっかけに人気ミステリー作家となったことも、美紗が乱歩賞に応募し続けた理由のひとつだった。

江戸川乱歩賞はミステリー作家になるために唯一にして最大の登竜門であった。受賞すれば「江戸川乱歩」の名の肩書を一生身に付けることができる。

美紗は、江戸川乱歩賞を受賞して作家になろうと心に決め、最初に応募した作品が予選を通過したことが、自信につながった。

＊

翌年の一九六四年に、美紗が伏見中学を退職したのは、子育てや、株でマンションを買うほど稼げるようにもなって、生活に余裕ができたのもあるが、江戸川乱歩賞予選通過に手ごたえを感じ、本腰を入れて小説家になろうと決意したのではないか。

巍と結婚し、娘が生まれ、平和な家庭生活のはずだった。

けれど、小説を書くことにのめりこみ、三人の生活は変わる。

「いつ死ぬかわからない」と言われた身体の弱い少女、戦後の過酷な引き揚げ体験で、「やりたいことをやり、強く生きる」と決めた美紗は、何がなんでも小説家になりたかった。

娘の紅葉は、子どもの頃、小説にかける母の熱に、寂しさを覚えていた。物心ついたときから、母は机に向かい、小説を書いていた。まるで、かつて美紗が日本に引き揚げたあとに、両親の愛に飢えていた頃のように。

幼稚園の頃までは洋服も母の手作りだったし、自分でフルコースの料理を作っていたほど家庭的な母だったのに。

手先が器用な美紗は、当時まだ高価だったテレビを、いろいろ部品を買い集めて自作したり、結婚のときに持ってきた衣装箱を自分で切ってリメイクした三角形の机を使っていた。

娘が「どうして普通の机は四角なのに、ママの机は三角なの?」と問うと、「平面は三点によって決定するという数学の公理があるでしょう、だからこれで十分なのよ」と、答えた。

ポタージュを入れたコップが机の上をすっと滑った時、紅葉が「なぜ動くの?」と聞くと、「熱いスープ入れたら糸尻の間の空気が膨張するから」「なぜ膨張したら滑るの」「浮くことによって摩擦係数が減るから」と美紗は説明した。

紅葉はのちに、母がこのように物理や数学が好きで詳しかったことが、トリックにつながると理解した。

「女性が何かの分野で社会的に成功するということは、男性が成功するより三倍大変なことなのよ」と、紅葉は幼い頃から母に言われていた。

女性は「家庭にいて夫をサポートする」のが当たり前だと言われていた時代だ。封建的な環境の中、美紗は家事と育児をしながら作家を目指すことがどれだけ大変かというのを身に沁みていたのだろう。「ご近所の目」もあった。特に京都は、昔ながらの人たちが住んでいる土地で、価値観も古い。子どもを置いて家を留守にするのは、とんでもないことであった。

それでも美紗は、娘には愛情を傾けていた。

紅葉が子どもの頃から、美紗の友人であった服部和子は、よく「紅葉を頼みます」と何かあるごとに言われたという。娘のことは常に気にかけ、様々な人に同じように言っていたのものちに知った。

子どもの頃、紅葉が外で遊んでいて、転んだりして泣き出すと、家の中にいたはずの母が飛び出してくる。

どうして私が泣いているのがわかるのだろう——ママはスーパーマンじゃないかと紅葉は不思議に思っていたのだが、実のところ、美紗は紅葉の服に小さなワイヤレスマイクを仕込んでいた。小説を書きながら、音を聴き、娘の様子を気にかけていたのだ。

美紗自身も葛藤してはいた。作家になろうと決めたものの、三十を過ぎた子どももいる主婦が小説を書いて応募し続けるのを、世間が認めるはずもなく、「何を馬鹿なこと」と思われるだけだ。

美紗の両親とて、例外ではない。家事や子育てに徹するべき主婦が、小説を書くなどと、手放しで応援するはずもない。

美紗が小説の応募を続け、出版社の人と打ち合わせをするために東京に行っている際に、美紗の母・みつから家に電話があった。紅葉は母が置かれている状況を知っていたから、まさか子どもを残して東京に行っているなどとは言えず、「今、ママはお風呂に入っているから、出たらかけなおすわ」と言いつくろった。

電話を切ったあと、美紗の行きそうな場所に片っ端から電話をかけ、なんとかホテルのバーで捕まえて「早くおばあちゃんのところに電話して」と指示したこともあった。

女は結婚して子どもを産んで家庭に入り、母となり、夫を立てて、家を守る。美紗は必死で、そんな時代の「女の幸せ」とされたものに抗おうとしていた。

紅葉に言った「女性が何かの分野で社会的に成功するということは、男性が成功するより三倍大変なことなのよ」という言葉通り、美紗は人の何倍も努力をした。

美紗にとって救いだったのは、夫の巍が、「女は家にいるものだ」という価値観の持ち主ではなかったことだ。

巍は、妻の小説への情熱を見守り、応援していた。

美紗が、妻や母という立場に収まる女ではないことはとっくに気づいていた。

そして、自分の妻は、それぐらい価値を持つ女なのだと思っていた。巍の願いは、美紗が自由に生きることだったのだから。

魏は美紗と暮らし始めてから、美紗が小説を書いているときだけは喘息の発作が起きにくいことに気づいた。医学的な根拠があるわけではないが、小説を書くのは、美紗が生きるために必要なことなのだ。

ならば、世間が妻を非難しても、自分だけは味方でいなければならない。

数々の求婚者たちの中から、自分を選んで結婚してくれた妻だ。

そして自分は、妻を生涯愛しぬくことを誓った。

家事や子育てよりも、好きなことをして生きていく妻を応援していこうと、決めた。

翌々年、一九六五年（昭和四〇）、美紗三十一歳のとき、第十一回江戸川乱歩賞に、『歪んだ階段』が予選通過している。なお、このときは「山村美沙」名義だが、沙ではなく紗の誤記ではないかと、『京都・宇治川殺人事件』の解説にて山前譲氏が書いている。

『歪んだ階段』は、山村美紗の死後に『京都・宇治川殺人事件』として刊行されたが、京城からの引き揚げを題材にし、教師である夫が殺され、未亡人となったヒロインが謎を解いていくストーリーで、「教師の夫」「引き揚げ体験」と、美紗自身の境遇が強く反映されている。

このときの乱歩賞の受賞者が西村京太郎だ。京太郎は既に一九六三年（昭和三八）に『オール讀物』推理小説新人賞を受賞していたが、売れず、新人賞応募を繰り返していた。

一九六七年（昭和四二）、美紗の周りでは様々な変動があった。第十三回江戸川乱歩賞に『崩れた造成地』を応募して予選通過はしたが、候補には残らなかった。

けれどこれがきっかけで、第一回江戸川乱歩賞を評論『探偵小説事典』で受賞した中島河太郎に声をかけられ、中島河太郎主宰の同人誌『推理界』に、美紗の『目撃者ご一報下さい』が掲載される。これが活字になった「山村美紗作品」の第一作になる。

『推理界』は、一九六七年(昭和四二)に創刊された同人誌で、既に活躍している作家、新人作家たちの作品発表、交流の場でもあった。既成作家と無名の新人作家が共に手を携えて、実験作の発表の場にしようという試みだったので、美紗にも声がかかったのだ。

美紗が小説を書いて、初めて原稿料をもらったのは、この『目撃者ご一報下さい』だった。江戸川乱歩賞を受賞して、作家になる——美紗の夢に、一歩近づいた。

これを機に、推理作家たちや、作家志望者の集まりに呼んでもらうこともあった。女性はまだ珍しいこともあり、注目を浴びた。会合には、山村正夫、森村誠一、笹沢左保、斎藤栄などの姿があった。

『目撃者ご一報下さい』は、デビューしたのちに短編集に収録され刊行された。美紗は日経新聞に連載していた連載エッセイ「プロムナード」の中で、「一番気にいっているタイトル」と挙げている。

この年、父の常信が定年で京都大学を退職し、京都の萬養軒にて家族で祝いをした。

萬養軒は、皇室や宮内庁とのつながりがある老舗のフランス料理の名店で、移転や改装を重ね、現在は祇園の花見小路に店舗を構えている。

常信は、「引き揚げ以後、ずっとお金の無い生活をしてきて何も買ってあげられなかったから、これで好きなものを買いなさい」と子どもたちにそれぞれ十万円をくれた。

美紗は、その金で、かつて暮らした京城、現在の韓国・ソウルに四泊五日の旅に出かけた。

この年の暮れには次女の真冬を出産している。長女の紅葉とは七つ違いの妹だ。

紅葉は、ずっと「妹が欲しい」と両親に願い続けていたので、嬉しくてたまらなかった。小学生になったばかりの紅葉は、母が忙しいときは妹のミルクを作り、保育園に行き始めると、その送り迎えもしていた。子どもながらに、妹の母替わりでもあった。

美紗自身は、小説を書き始めたのは、真冬が生まれた直後からだとエッセイに度々書いている。

夜中に三時間おきにお湯を沸かし、ミルクを作って飲まし、やっと寝ついたと思ったら、もうあと一時間ほどしか眠る時間がなく、また眠れなくもなり、一時は、ノイローゼのようになっていた。どうせ眠れないのなら、その間に、何かしようと、赤ん坊を抱いたまま、天井をむいて小説のストーリーを考えることにした。昼間は、赤ん坊が昼寝したら一緒に寝てしまい、起きたら、背中におぶったり、片手でゆり籠を押したりしながら、小説を書いた——と。

しかし実際には、前述したように、小説を書き始めたのも応募したのも、もっと早い時期で、真冬が生まれる前から応募を繰り返している。苦労をしている印象を与えたくなかったのか、予選通過止まりであった時期を隠すように、デビュー後「小説を書き始めたのは次女が生まれたあと」と、事実と異なることを書いている。

次女の真冬を産んだ直後の忙しい日常の中で、「引き揚げのときの京城と、現在のソウルを対比して、ロマンミステリーを書きたいと思い立った」と、美紗は構想を練った。

応募原稿は締め切り厳守と書かれていたが、主婦業と子育てで忙しくしていた美紗は、直前になっても作品が完成せず、百枚の書き残しがあった。どうしても間に合わせなくてはいけないと、美紗はある「トリック」を使う。

締め切り当日、既に書き上げている原稿と白紙の原稿の二種類の包みを作り、郵便局で消印のスタンプをもらったあと、白紙の分はこっそり持ち帰り、三日後に残りの百枚の原稿を書き上げて、締め切り当日の消印のある封筒に入れて郵送した。

そうして書かれた『京城の死』は、一九七〇年（昭和四五）、第十六回江戸川乱歩賞の候補になった。しかし受賞は逃した。『京城の死』は、デビューしたのちに『愛の海峡殺人事件』と改題され、出版されている。

予選通過を繰り返し、やっと候補になれたのだ。

江戸川乱歩賞を受賞して、作家になる――美紗の夢に、また一歩近づいた。

しかし、まだ「作家・山村美紗」の誕生までは数年を要する。

＊

江戸川乱歩賞への応募を始めてから、この数年の間に、美紗の人生にとって大きな出会いがふたつあった。

ひとりめは作家・松本清張との出会いだ。

松本清張は、一九〇九年（明治四二）に生まれる。その出生には、広島説と、北九州小倉説があり、少年時代は下関で育つ。貧しかったために、小学校を卒業して給仕の職に就く。新聞記者に憧れていたが、大学を出ていないので採用はされず、様々な職を転々としていた。印刷の技術を身に付け版下画工として、朝日新聞西部支社の下請けとして契約し、のちに広告部の正社員となった。

終戦後、復職するが、両親と妻と子どもの一家八人の生活費のために、藁箒《わらほうき》の仲買のアルバイトを始める。このとき、見本を持って京都や奈良にも訪れ、空いた時間には古い寺社を見物した。

一九五一年（昭和二六）、『週刊朝日』が募集した「百万人の小説」に処女作『西郷札』を応募し、三等に入選した。もともと小説家志望ではなく、賞金目的だったという。『西郷札』は、直木賞の候補作になり、翌年『三田文学』に投稿した『或る「小倉日記」伝』が芥川賞を受賞する。

小説家になった頃には、四十歳を過ぎていたが、一九五八年（昭和三三）に刊行された『点と線』『眼の壁』がベストセラーになり、清張ブームを巻き起こした。

一九六三年（昭和三八）には、江戸川乱歩の跡を引き継ぎ、推理作家協会の理事になり、一九七一年（昭和四六）から一九七四年（昭和四九）までは会長を務めた。

一九六一年（昭和三六）、高額納税者番付、いわゆる「長者番付」作家部門一位になり、以降も十年以上、一九八四年（昭和五九）に、トップを赤川次郎に奪われるまで、その座を守り続ける。

母の母校である京都女子大学で松本清張の講演があるのを美紗が知ったのは、母が、その時期、母校の理事を務めていたからだ。

講演が終わり、美紗が自分の車のところへ歩いていくと、清張が乗ったタクシーが立ち往生しているのを見かけた。東山七条、豊臣秀吉の眠る阿弥陀ヶ峰の中腹にある京都女子大学の駐車場は、そう広くはない。清張の車の前に、何台も車が駐車していて、出られなくなっていた。

清張の顔にいら立ちの表情が見えた。タクシーの運転手は、車をよけてもらうように事務局に行ったが、ひとり残された清張は落ち着かない様子だった。

美紗は通りかかり、「講演、素敵でした」と声をかける。

「どうもありがとう」と、清張は応えるが、それどころじゃない様子で、「飛行機の時間があるんだ。空港まで送ってくれないか」と口にする。

美紗は同行していた巍に母を送るように頼んだあと、自分の車に清張を乗せて、東山七条を出た。

大阪空港までは、一時間ほどだろうか。車の中で、美紗は「私はトリックを作るのが趣味なんです」と、清張に自分が考えたトリックについて話す。

大作家・松本清張を前にして釈迦に説法だとは思ったが、止まらなかった。何しろ、松本清張とふたりきりでゆっくり話せるなんて、幸運としか言いようのないチャンスだ。

次から次へと、美紗の口からトリックのアイデアが溢れて話は尽きない。清張はうんうんと聞いていて、美紗はずいぶんと差し出がましいことをしているのではと心配にもなったが、空港に着くと、清張に「君ともっと話がしたい。飛行機の時間を遅らせるから、食事を一緒にしないか」と言われ、怒らせてはいないのだと安心する。

清張は急いでいるはずなのに飛行機の便をずらし、美紗に寿司を奢った。

知的で明るく話好きな美紗に、清張は興味を持った。そして父は京大の名誉教授で、美紗自身も京都に詳しい。

まだ作家になる前、貧しい時代に藁箒の仲買の仕事をしていた際に、見本を持って京都奈良に訪れ、その頃から古都に興味があり、京都の本も出していたが、そんな自分と対等に話せる女性は貴重だった。

これをきっかけに、松本清張は京都を訪れると美紗に連絡をし、交流が始まる。

美紗の小説にも繰り返し登場する、京都岡崎の京料理「六盛《ろくせい》」の手をけ弁当でもてなすと、清張は「こんなしゃれた、美味い食べ物があるのか」と、感心したという。

木で作られた丸い桶に、丁寧に味付けされた食材が詰められた、季節感あふれる六盛の手をけ弁当は、見栄えも美しく品がある味で、多くの人々に愛されている。

目の前の「京女」は、京都という街の食にも通じているのだと清張は感心した。

父親は花街近くで生まれ、祇園にも精通している。京都の文化を知り、それを身に付けた女――山村美紗に清張は関心を深める。

大作家になったとはいえ、小学校しか出ておらず、貧しい育ちだった清張は、京都大学名誉教授の令嬢である美紗に、自分には無い生まれ育ちのよさを見出した。ひと昔前なら、自分にとっては高嶺の花だったであろう女性だ。

清張は「僕は弟子などはとらない主義だけど、君は唯一の弟子だ」と口にして、奈良や京都に取材旅行に来ると美紗を呼び出し、同行させ、作品の話をした。

ふたりで新京極のパチンコ店に出かけ、並んで打ったりもしていた。小説を量産して多忙だった清張の気晴らしがパチンコだったのだ。のちに美紗も作家になったあと、気晴らしにパチンコ店に出かけるようになる。

社会派ミステリーの第一人者の取材現場を目の当たりにして、美紗は強く刺激を受ける。

どうしても、小説家にならなければ。

江戸川乱歩賞をとらねば。

もうひとつの大きな出会いの相手は、西村京太郎だ。

一九三〇年（昭和五）に東京、現在の品川区で生まれた京太郎は、東京陸軍幼年学校在学中に十五歳で終戦を迎え人事院に就職する。十一年勤務したのちに、トラック運転手、探偵などの職を経て、一九六一年（昭和三六）に『宝石』にて最終候補となった小説が掲載された。『宝石』は、一九四六年（昭和二一）に創刊された推理小説雑誌で、江戸川乱歩が協力したことでも知られている。一九五七年（昭和三二）には江戸川乱歩が編集長となり私財を投資して立て直した。『宝石』の公募からは、山田風太郎、鮎川哲也、山村正夫、笹沢左保、黒岩重吾などがデビューしている。

一九六三年（昭和三八）に、西村京太郎は短編『歪んだ朝』で、オール讀物推理小説新人賞を受賞したことがきっかけで、書き下ろし長編『四つの終止符』を刊行する。

京太郎が小説を書き始めたきっかけは、松本清張の作品を読んで、「これなら自分でも書ける」と思ったからだが、なかなか芽が出ず、様々な賞に応募、受賞を繰り返しても本は売れず、そんなときに、生まれて初めてのファンレターを受け取った。

それは一枚の、絵葉書だった。

書いても売れず、悶々としている中でのファンレターに京太郎は狂喜した。作家にはなったが、とにかく売れない。編集者たちは、気の毒がって、「西村さんは、いいものを書くんだが、なぜか、売れないんだなあ」と言ってくる。売れないから、ファンレターは一通も無い。

インターネットもメールも無い時代だ。読者の声を聞くには、ファンレターしかない。だから自分の作品がどんな読まれ方をしているのかもわからない。編集者は面白いと言ってくれるが、実のところ本当に面白いのかどうかわからない。

自信が持てないまま、書き続けていたとき、京都の女性からファンレターが届いたのは、九月末、夏の終わりだった。

「西村さんの本を買って読みました。素敵な内容でした。これからも、がんばってください」という簡単なものだったが、京太郎は、すぐ、礼状を書くことにして、住所と名前を見ると、そこにはゴム印で押された住所と、名前と、電話番号があった。

名前は、山村美紗。

葉書には、追伸として「学校の夏休みには、レンタカーを借りて、北海道を一周して来ました」と、書いてあったので、女子大生だと京太郎は思い込む。字が綺麗だから、美人に違いないと考えると、心が弾んだ。

そしていてもたってもいられず、会いに行こうと決めて新幹線で京都に向かい、葉書にあった電話番号に連絡した。

電話の向こうの女性は、戸惑っているようだったが、会うことを承知してくれ、「女子大生のファン」を待つ京太郎の胸はますます高まった。

待ち合わせは、京都駅の時計台の前だった。

現在の、ホテルや駅ビルが連なる京都駅は四代目にあたるが、当時はもっとこじんまりした三代目の駅舎だった。ふたりが待ち合わせした時計台も、今はもう無い。

一九六四年（昭和三九）に東海道新幹線が開通し、京都駅の目の前にある京都タワーもできたばかりだった。

そこで、京太郎は、ファンレターをくれた女子大生を待っていた。

けれど目の前に現れたのは、花柄の傘を差した着物姿の女性だった。美人ではあるが、女子大生ではない、三十歳は超えている様子だ。

戸惑う様子の京太郎に、美紗は勘違いをすぐに見抜いて「女子大生だと思っていたでしょ。がっかりさせてごめんなさい」と笑う。

自分の期待を見ぬかれ照れ臭くはあったけれど、京太郎は美紗に強く惹かれていった。

その後、「同志」として日本の出版業界に君臨するふたりのベストセラー作家は、このような「勘違い」から交流が始まった。

この頃は、まだ京太郎は美紗が人妻だというのを知らなかった。

「学校が休みで北海道に行った」というのを、京太郎は「当時彼女は教師だったから、勤めていた中学校が休みということだ」と思っていたが、実際のところは美紗は既に退職をしており、

「学校が休み」というのは、娘の紅葉の学校が休みだから家族旅行に北海道に行っていたのだった。

また京太郎は「僕と出会ったあとから、彼女は作家を目指し始めた」と書いているが、前述したように、それよりもっと前から美紗は江戸川乱歩賞の応募を続けている。京太郎が本当にそう信じているとしたら、美紗はあくまで自分は純粋な「ファン」であると装いたかったのだろうか。

京太郎と美紗の出会いの時期だが、京太郎が「彼女は三十一歳か二歳だった」とインタビューなどで答えているところから、一九六五年か、一九六六年あたりであろう。

一九六五年（昭和四〇）は、京太郎が江戸川乱歩賞を受賞し、美紗が『歪んだ階段』で予選通過をした年だ。

当然ながら、自分が応募して落選した賞の受賞者の名前を美紗が知らないはずがない。

この頃に出会ったとすると、のちに京太郎がインタビュー等で「山村美紗さんとの付き合いは三十年」と答えているのと一致する。

いちミステリーファンとして、美紗は京太郎にファンレターを送ったことになっているが、当時美紗は乱歩賞への投稿を繰り返し、本気でミステリー作家を目指す、作家志望者であった。

美紗は京太郎の作品を読んだとき、「この人は『買い』」と、彼が今後、伸びる作家である予感がした。

きっと、このあと、彼は売れて有名になる――そう思って、ファンレターを出した。

けれど、まさか京太郎自身が、京都まで会いに来ることは予想していなかっただろう。

そして、生涯、一緒に戦っていく同志になることも。

美紗に惹かれた京太郎は、のちに江戸川乱歩賞のパーティなどで顔を合わす機会もあり、好意を隠さずプロポーズするが、美紗は応えない。なんでダメなのだと聞いて初めて、「だって私、結婚してるもの」と言われた。

パーティで振袖を着ているから、すっかり独身だと思い込んでいたのだ。

どうしてもっと早く言ってくれないのだと追及すると、「そういうのは察するものでしょ」と軽くかわされてしまうが、人妻だからといって、美紗への想いが消えることはなかった。

＊

松本清張、西村京太郎というふたりの作家との出会いを得て、美紗はますます江戸川乱歩賞への想いを強くし、投稿し続ける。

美紗が江戸川乱歩賞に応募し続けた間、乱歩賞の受賞者、最終候補者の中には、森村誠一、夏樹静子、和久俊三、皆川博子などの名前がある。『推理界』の会合などで、面識を得たメンバーが次々とデビューしていくのを見ながら、嫉妬や焦りも抱くが、ひたすら書いていた。

年齢も三十代後半に入り、「もう諦めたほうがいいんじゃないか」「いつまで小説家志望を続けるのだ、どうせなれないのに」という声も耳に入る。何より、自分自身が焦っていた。

株をやっていて収入もあり、夫や娘もいるのに、様々なものを犠牲にして無理に作家になる必要などないのはわかっている。でも、諦められなかった。

美紗は、一九七〇年（昭和四五）に第十六回江戸川乱歩賞を『京城の死』で候補になりながら受賞を逃す。

翌年、一九七一年（昭和四六）、サンデー毎日新人賞に『死体はクーラーが好き』で候補になる。この年は、母が入院したために看病で時間が無く、長編である江戸川乱歩賞への応募は諦め、規定枚数が百枚のサンデー毎日新人賞に急遽、応募したのだ。

受賞はできなかったが、これがきっかけで、美紗にはドラマなどの脚本の仕事が舞い込み、NETテレビ（現在のテレビ朝日）『特別機動捜査隊』の脚本を執筆する。

『死体はクーラーが好き』は、『サンデー毎日別冊』に候補作が掲載され、第三回江戸川乱歩賞の受賞者である仁木悦子から感想と励ましの手紙が届き、美紗は喜んだ。多くの人に読まれたらしく、他にも、鮎川哲也、海渡英祐、藤村正太からも手紙が来て、何が何でも作家になろうと美紗は誓った。

翌年、一九七二年（昭和四七）、第十八回江戸川乱歩賞に『死の立体交差』で候補になる。この作品も、デビューしたのちに『黒の環状線』と改題され刊行されている。

翌一九七三年（昭和四八）にも第十九回江戸川乱歩賞で『揺らぐ海溝』にて候補となるが、またもや受賞は逃してしまった。

最終候補は五人で、選考会では美紗とあとふたり、三人が同点になり、会議が長びいてなかなか決定しなかった。

しびれを切らした立合理事の山村正夫は、当日欠席していた審査員のひとりである松本清張に意見を聞くために電話する。そこで清張が選んだのは、美紗以外の作品であり、その作家の受賞が決まった。

他の誰ならぬ、「僕の弟子だ」と言って、自分を応援していたはずの清張の「裏切り」に美紗は心穏やかではなかった。悔しくて、泣いていた。

けれど他の審査員である島田一男や南条範夫が、落選したけれどいい作品だと強く推し、今まで何度も候補に挙がった実力も認められたのであろう、次点ではあるけれど、『揺らぐ海溝』が、講談社より出版されることが決まったという連絡があった。

やっと本が出る。

作家になれるのだ。

けれど美紗の心の中には、清張が他の作家の作品を推して自分が落選してしまったという悔しさがあり、手放しでは喜べなかった。

そんな美紗の心に気づいたのか、清張から電話がかかってきた。

「あなたのは読んでなかったんだ、申し訳ない。忙しくて、候補作ふたつしか読めなかった。それで、講談社から迎えの車が来たけど欠席した。しかし、途中で電話がかかって来て、意見を聞かれたので、読んだふたつについて話し、よかったと返事をした。あとになって、あなたのを入れて三つが賞を争っていて、会議が紛糾したと聞いたので、あわてて、あなたの原稿を取り寄せて読んだんだ。その結果、あなたのが私としては一番よかったと思った。会議に出ればよかった。本当にすまなかったね。しかし、あの作品なら、トリックもよかったし、推理作家として立派にやっていける。落ち込まないで次のを書きなさい」

清張がわざわざそうやって謝罪してくれたのは、ありがたかった。

美紗が、自分の作品も出版されることが決まったと清張に告げると、「よかった」と言って、推薦してくれることを約束してくれた。

本が出るからと言って、売れるとは限らない。ましてや受賞を逃した作品で、京都の無名の主婦である自分の本がどれだけ人の目を引くか、自信など無い。

京太郎のように、一度新人賞を受賞しても、売れないために、何度も他の新人賞に応募するものもいる。

美紗は来年も、また江戸川乱歩賞に応募しようか迷ってはいたが、清張の言葉を聞いて諦めることに決めた。

賞より、作品だ。

そして売れなければ未来はないと、次の作品を書き始めた。

ヒロインはアメリカの大統領の娘、キャサリン・ターナー。スタイル抜群、日本文化に興味を持つ若い女性で、彼女が京都を訪れ、事件を解決する。

好奇心旺盛なキャサリンは、異邦人であるがゆえに、京都という街での活躍が生える。

舞台は京都、ヒロインは異邦人――それは美紗自身だった。

京城で育った美紗の視点は、「京都人」ではなく、「外国人」だった。

だからこそ公平で冷静な視点で、京都の表も裏も、よさも描ける。

日本文化に魅せられたキャサリンの目から見る京都は、華やかで美しく、けれどその裏に古い街ながらのドロドロの人間関係があり、そこから事件が生まれる。

日本に住む者なら、当たり前にそこにあるものにも、キャサリンは興味を示し、面白がる。

それが事件の解決につながってゆく。

キャサリンは、京都という舞台を「魅せる」ヒロインだった。

名探偵キャサリンが登場する『花の棺』を、美紗は一生懸命描いた。清張の期待に応えるために――いや、それ以上に、売れなければいけない。

『花の棺』でキャサリンは、父に付き添い来日した際に、日本文化、特に生け花に興味を持つ。

三つの流派があり、それぞれの流派を巡る争いにより、殺人事件が起こった。キャサリンをエスコートしていたのは、外務大臣の甥である浜口一郎で、のちに京南大学法学部の助教授となり京都に住み、キャサリンの恋人となる。

「京南大学」は、その後も山村美紗の小説に度々登場するが、おそらくモデルは京都大学で、美紗の父の京都大学法学部名誉教授、木村常信を連想させる。美紗自身は、浜口のモデルは弟の木村汎だと言っており、確かに浜口は汎と同じくコロンビア大学を卒業している。ちなみにキャサリンも登場時はコロンビア大学の学生だが、のちに卒業してカメラマンとなる。

この作品は、シリーズを超えて山村美紗作品の多くに登場する、京都府警の狩矢警部のデビュー作でもある。


『揺らぐ海溝』は、約束通り、清張が推薦文を寄せ、一九七四年一月に『マラッカの海に消えた』と改題され刊行された。

タイトルが変更されることには抵抗もあった。せめて『マラッカ海峡殺人事件』か『マラッカ海峡に消えた』にして欲しいと、出版局長に頼んだのだが、『マラッカの海に消えた』のほうが売れると、押し切られた。

佐藤栄作がノーベル平和賞を受賞し、田中角栄内閣の退陣、長嶋茂雄が引退した激動の年だ。松本清張に「日本の女流作家としては珍しいトリックメーカーで、その豊富さを、物語性の進境と共に大きく評価したい」といわしめ、作家「山村美紗」が誕生した。

服部和子きもの学院に、美紗は『マラッカの海に消えた』を、サインを入れて数十冊持参した。

「本が売れなかったらあかんし」と、美紗は服部和子に言っていたが、まさかこの時点では、自分が日本を代表するベストセラー作家になることは予想しなかっただろう。

美紗の小説家になりたいという強い気持ち、真剣さ、落選したときの落胆ぶりを目の当たりにしてきた夫の巍は、誰よりも妻のデビューを喜んだ。

家に届いた『マラッカの海に消えた』を一冊手にして、巍は出勤した。

担任していたクラスの教壇に立ち、恥ずかしそうにしながらも「うちの奥さんが書いた本なんです。よかったら読んでください」と言って、一番前の生徒の席に置いた。

おとなしい、地味な教師だった巍の妻が才女で小説も書いていることは生徒たちには知られていた。

『マラッカの海に消えた』を読んだ生徒が、面白かったですと感想を伝えると、巍は終始笑顔で「ありがとう」と、喜びを口にした。

妻の願いが叶い、こうして本が世に出たことを巍は祝福していた。何しろ、長い年月だったのだ。妻の想いが報われたことで、安心もしていた。応募し、候補になり、落選を繰り返し、その度にひどく落ち込み泣いている妻を知っているからこそ、嬉しかった。

妻が、新人賞に応募を続けるうちに、松本清張や西村京太郎をはじめ、推理作家、作家志望者との交流が始まっても、それが妻のためならばと巍は見守っていた。

寂しい気持ちがよぎることがないといえば嘘になるが、そもそも主婦として家庭に落ち着くことなどできない女なのは、最初から承知していた。小説のために家事や子育てが疎かになっても、夫は美紗が小説を書くことを止めはしなかった。

まだまだ、良妻賢母がよしとされた時代だ。小説なんて未来が見えないものに全身全霊を傾ける美紗を非難する人もいたが、巍は美紗に理解を示し続け、束縛もしなかった。才ある妻に好きなことをさせてやりたかった。

巍は安心もしていた。もうこれで、賞に落選して、悔しくて泣いている妻の姿を見なくて済むのだ。この十年、どれだけ妻が悔しい想いをしていたか、そばにいて誰よりもわかっているつもりだった。

美紗は四十歳を過ぎていた。

デビューに時間がかかったことを隠すためか、美紗はこれより公式の生年を実際の生年である昭和六年から、昭和九年と変え、四十歳でデビューとした。

けれど、結局、賞を受賞せずに作家としてデビューしたことは、のちのちまで美紗の「傷」になる。

第四章　デビュー、ベストセラー作家へ

どうしても私は売れなければいけない。

十年がかりで初めて本を刊行することができたけれど、それでうまくいくほど甘い世界ではないのを、美紗は知っていた。

まず、自分は「江戸川乱歩賞」を受賞していないのだ。

肩書も、権威も無いところからのスタートだ、つまりハンデがある。

そのハンデを吹き飛ばすほどに、売れるために努力をしなければいけない。

ミステリー小説のファンでもあり、苦労を重ね本の刊行に至った美紗には、楽観的な見通しなどできなかった。

今も昔も、公募の新人文学賞を通して、年に数十人の「新人作家」が生まれても、三年後に残っている人は、十分の一もいない、と言われる。新人賞を受賞しても本にならない人もいれば、受賞作が本になって、その後、全く名前も聞かず本も出ない人たちが、どれぐらいいるだ

ろう。

運良く二冊目、三冊目が出ても、依頼が続かず消えてしまう人もいる。

「小説家」として生きている人間の陰には、無数の「消えた新人作家」が存在する。

理由は様々だ。本人が新人賞を受賞することにより目的を達成して、書く意欲を無くしてしまったり、自分の作品が世に出ることにより、批評や批判、または中傷などを浴びて書けなくなってしまう人もいる。

出版社から依頼が無く、そのままフェイドアウトしてしまう人も。

売れないと、次が無い。

賞という肩書がある作家ですら、そうなのだ。

だから、人一倍、いや、何倍も売れる努力をしなければいけない。

出版社も、「新人作家・山村美紗」の売り出しにかかった。京都に住む女性で、父は元京都大学名誉教授という名士であり、美紗自身も華やかで、多趣味で、社交性がある女性だった。何より、日本を代表する人気作家・松本清張が彼女を強く推している。

「カーレーサーのライセンスを持ち、華道は池坊準花監の免状、日本舞踊は花柳流の名取り、クレー射撃も趣味とする」と宣伝され、ノベルスの著者写真には銃を手にしたものもある。

京都のお嬢様で大和撫子だが、射撃や運転の腕も一流というギャップが注目を浴びた。

宣伝のために作られたプロフィールではなく、実際に美紗は多才で、チェスやマージャンもやれば、一時期は画家になりたいと思ったほど絵を描くのも好きだった。

注目されなければ本が売れない。この世界で生き残れない。

売れるために目立たなければいけない。「山村美紗」という人間を世に知らしめねばならない。肩書が無いことを凌駕するほどに、注目されないといけない。

「この世界、宣伝よ」と、美紗は巍にも言い続けた。

いかに自分という人間を売り出すか。

作家なんて、ごまんといる。自分より才能のある人間たちが溢れている。毎年、毎年、新人賞を受賞して作家が生まれる。そんな中でどうやって自分という人間を宣伝して、人に覚えてもらえるだろうか。

父親譲りの知性と教養、そして母親から受け継いだ社交性を、美紗は存分に発揮した。ただ引きこもって書くだけではなく、様々な人と交流をし「山村美紗」の名前を知らしめようとした。

多くの日本人が憧れる、歴史と伝統のある街・京都の女だということも武器にした。花街と馴染みがあった父と祖父のおかげで、美紗は京都のしきたりにも精通し、「いちげんさんおことわり」と、よそものに厳しいがゆえに神秘さをかもしだす花街に編集者を呼びもてなしもする。

名士の娘である美紗を、京都の人たちも大事に扱ってくれた。

肩書や、生まれ育ちが大きく左右する京都の街を美紗は味方にした。

デビュー作、『マラッカの海に消えた』が講談社より刊行され、翌年一九七五年（昭和五〇）には、光文社カッパノベルスより、『花の棺』が刊行される。

『花の棺』も、最初は出版社から『華道家元殺人事件』にタイトルを変えるようにと言われたのだが、美紗はどうしてもと今回は自分の意見を通した。

舞台は京都、華道の流派同士の争い、山村美紗の本分が発揮された作品だ。

京都という歴史があり、伝統文化の残る街と、異国から来た資産家の娘で知的で美しく活発なキャサリン。

『花の棺』は売れ、キャサリンシリーズは美紗の作品の中で、最もたくさん書かれたシリーズとなる。

またこの年には、東映太秦映画村が開村し、テレビドラマも活気づいてきたことが、追い風にもなった。テレビの出現で、時代劇映画が斜陽になり、各映画会社は制作を縮小せざるをえなかった。その際、東映が生き残りのために、京都の撮影所の一部を一般に有料で開放する策をとったのが、東映太秦映画村だ。

時代劇の撮影が見られるとあって、多くの人が詰めかけて、大成功だった。東映の京都撮影所が生き残ったことにより、制作人も留まることができた。

そして景観を守り、古くからの建物が残る京都で、ドラマの撮影も行われた。

『花の棺』は、一九七九年（昭和五四）にテレビ朝日にて、『京都殺人案内・花の棺』としてドラマ化される。その後、何度かキャサリンは映像化され、一九九六年（平成八）にＴＢＳ「名探偵キャサリンシリーズ」が放映された際は、キャサリンはかたせ梨乃が演じた。原作通りならキャサリンはアメリカ人なのだが、日本人社長令嬢でカメラマンの希麻倫子、愛称キャサリンと設定が変えられた。

二〇一五年（平成二七）には、原作通りの設定で、ＮＨＫ連続テレビ小説『マッサン』のヒロイン役で人気を博したシャーロット・ケイト・フォックスが、キャサリンを演じている。

刊行翌年には『花の棺』は、第二十九回日本推理作家協会賞長編部門の候補作となっている。同じく候補になったのが、仁木悦子と西村京太郎だが、この年は受賞作は「該当作無し」となった。

『花の棺』が売れ、美紗のもとには順調に依頼が来た。

一九七六年（昭和五一）には、デビュー三年目の『死体はクーラーが好き』『殺意のまつり』第十八回江戸川乱歩賞候補作『死の立体交差』を改題した『黒の環状線』の三冊を刊行している。

一九七七年（昭和五二）に集英社より刊行された七冊目の著書『鳥獣の寺』は、『週刊明星』で始まった初めての連載小説だった。この作品は、美紗の京城時代の経験が強く反映されている。ヒロイン湯川彩子は美紗と同じく少女時代を戦時中の京城で過ごしたが、その地で父が殺されてしまう。日本に戻り作家となったヒロインが、父の死の真相を探ろうとするストーリーである。

新人作家が書き下ろしではなく、多くの人に読まれる雑誌に連載ができる意味は大きい。経済的にもありがたい。書き下ろしなら、本が完成してから二ヶ月後に印税が入るだけだが、連載はそれに毎月の原稿料が加わる。

連載を依頼される作家というのは、それ自体がステイタスでもあった。

だから美紗は頭を悩ませた。アイデアは浮かんでも、タイトルが決まらない。書き下ろしならば、本文を書き終わったあと、刊行前にタイトルをつければいいが、連載は最初からタイトルがありきだ。

そんなときに、松本清張に会う機会があり、相談した。清張がストーリーを聞いてきたので、「京都の鳥やけものの名前のつく寺で、次々と殺人事件が起こるんです」というと、即座に、

「じゃあ、『鳥獣の寺』にすればいいじゃないか」

と、清張は答えた。

鳥獣の寺には、蟹満寺をはじめ、亀、竜、雀など、鳥獣が関わる寺が登場し、それが事件のキーワードとなる。

連載を終え、本になるときは、推薦の帯も松本清張が書いてくれた。

『鳥獣の寺』は、一九七九年（昭和五四）に、NHKにて、三田佳子主演で連続ドラマ化された。

翌年の一九八〇年（昭和五五）に徳間書店より『京都殺人地図』が刊行される。女検視官・江夏冬子シリーズの第一弾だ。キャサリンシリーズと同じく、京都府警の狩矢警部、橋口警部補も登場する。

東大を卒業し、京都府警で検視官として働く独身の江夏冬子は、美しくクールなヒロインだ。のちにドラマ化された際には、かたせ梨乃や萬田久子が演じている。

美紗の小説家デビュー後は、あの十年の苦難の時代はなんだったのかと思えるほどに順調だった。

*

この年、デビュー前にファンレターを送ったことにより交遊が始まった作家・西村京太郎が東京から京都の中京区に引っ越してきた。

女性関係のトラブルにより京都に逃げてきたと、京太郎自身が書いている。

生まれて初めてファンレターをくれた美紗に会いに京都を訪れ、彼女に惹かれ、人妻だと知ったあとも、その気持ちは冷めることはなく、交流を続けていた。年下だが、物知りで世間をよく知る美紗に京太郎は女性問題を相談し、それを機に東京を離れた。

もちろん、美紗がいるから、京都の地を選んだのだ。

美紗自身はこの頃は京都市内ではなく、宇治市に住んでいる。

京阪宇治線木幡《こわた》駅近くのマンションの六階を仕事場にして、家族は一階に住み、行き来していた。それまで何度か伏見区内で引っ越しはしていたが、このマンションには東山に移るまで十年以上住んでいる。

山村美紗といえば、京都東山に住んでいるイメージが強くあるが、実際のところ、二十二年の作家生活のうち、木幡駅近く、つまり宇治に住んでいる時代のほうが長い。山村美紗作品の中では、京城より戻ってからと巍との結婚生活の初期を過ごした伏見が、登場人物たち居住の地として多く使われ、度々「桃山」「深草」という美紗の生活圏内であった伏見の地名が登場している。

木幡駅に行くには、美紗の両親と、母の実家である長谷川家がある中書島駅から宇治線に乗り換える。萬福寺のある黄檗《おうばく》駅のひとつ手前の駅だ。黄檗宗萬福寺は、開祖が明から来た隠元大師で、かつては代々中国人の住職を迎えていた寺で、中華風精進「普茶料理」でも知られており、美紗の小説にも登場する。禅宗伽藍に中華風の装飾が施され、異国情緒がある。

美紗自身、近所だったこともあり、この萬福寺を「好きなお寺」のひとつとしてあげ、小説の舞台にもしており、もちろん境内で殺人事件が起こっている。

現在、木幡駅を降りると、駅前にあるパナソニックの工場がまず目に入る。二〇二〇年一月の時点では、山村美紗がデビュー時に暮らしたマンションは、変わらずそこにあった。

一九八三年（昭和五八）、第三回日本文芸大賞を『消えた相続人』で受賞している。この年、同時受賞したのは七人で、檀ふみや岸恵子のエッセイも受賞しており、小説、文芸の賞という意味合いは薄く、美紗の賞への渇望を潤しはしなかった。

前年の一九八二年、光文社カッパノベルスより『燃えた花嫁』を刊行している。この作品の中には、ウエディングドレスが絨毯との摩擦で燃える設定があり、実際に燃えるかどうかという実験は、巍の勤務先で他の教師の協力を得て行われた。

『燃えた花嫁』は、娘の紅葉の女優デビュー作でもある。

紅葉は京都教育大学付属の小学校から高校へとすすみ、のちに早稲田大学に入学した。中学時代には、英語劇でシンデレラ役をやった。一緒に買い物に行き、生地を買い、デザインも考えて美紗がドレスを作ってくれた。小説を書くことに夢中で、参観日や親子面談にも来なかった母親が、そのときだけはなぜか来てくれ、「あれは綺麗だった、上手だった」と手放しではめてくれた。

その際、紅葉はふと「舞台に立つことは、母を喜ばせるのかな」と思った。

紅葉は早稲田大学に入学すると、「政治経済研究会」と「早稲田ミステリークラブ」に入っていたが、二年生のときに、山村美紗の娘であることがバレて、なんとなく気まずくなり、「早稲田ミステリークラブ」は退会していた。

テレビ朝日のプロデューサーが、美紗邸を訪れると、そこにたまたま大学生だった長女の紅葉が居合わせた。

品のある、美しい紅葉を見て、プロデューサーは、ドラマに出演しないかと打診する。

紅葉自身は、女優になる気などはなく、子どもの頃から「将来は専業主婦になる」と決めていたのは、多忙で家事や子育てに手がまわらない母を見て育っていたからだ。将来、自分が子どもを生んだら、寂しい想いをさせたくないから、仕事はしないつもりだった。

とはいえ、高校生の頃になると、男性と対等な仕事に就きたいとも考えるようになり、東大受験にもチャレンジするが、二浪して、早稲田大学の政治経済学部に入学した。

結局、プロデューサーの強い推しで、少しだけならと、翌年ドラマ化された『燃えた花嫁』に出演した。中学時代にシンデレラを演じて、母が喜んでいた記憶もあった。

本気で女優になるつもりもなかったので、一九八四年に早稲田大学を卒業し、国税専門官試験に合格し、国税専門官となる。いわゆる、マルサの女だ。

この頃から、「京都」とつくタイトルが山村美紗作品の中心となる。「京都を描く、京都在住の女流作家」の代名詞となり、仕事も倍増する。

時代は、美紗にとって追い風だった。

一九七〇年（昭和四五）、大阪万国博覧会が開催された年に、女性誌『an・an』、翌年に『non-no』が発売される。それまで女性誌といえば、主婦層、年齢層高めの女性のものだったが、この二誌は、若い女性たちをターゲットにしていた。

『an・an』『non-no』は、度々、旅行特集を組み、触発された女性たちは「アンノン族」と呼ばれ、全国各地を旅した。

また万博の年には国鉄が「ディスカバー・ジャパン」というキャンペーンを打ち出し、それまで中心だった団体客ではなく、個人、それも女性たちの旅行ブームに火をつけた。

女性たちの目当ては、美味しい食べ物や、古くて風情のある街並み、つまり、「京都」は旅先として最適だったのだ。新幹線の駅があり、交通の便もよい。

京都は、若い女性たちの旅行の定番となった。

渚ゆうこの『京都の恋』『京都慕情』、デュークエイセスの『女ひとり』、チェリッシュの『なのにあなたは京都へゆくの』。タンポポの『嵯峨野さやさや』など、京都を歌った歌がヒットし続けた。

そんな「京都ブーム」の中、主に若い女性をヒロインにして、京都の名所旧跡が登場し、実在する名店で食事をする場面もあり、華道、茶道、日本舞踊などにも詳しく、また花街にも精通し、男女の愛憎を動機とした事件が起こる美紗の小説は、時代に求められ、また美紗はそれに応えることができた。

京都を舞台にした山村美紗のミステリー小説を携えて、若い女性たちが京都を訪れる。美紗の小説は、ガイドブックでもあった。

神社仏閣のみならず、京料理「六盛《ろくせい》」、鉄鉢料理「泉仙《いずせん》」、祇園の喫茶店「石」、懐石料理「萬重」、「たん熊」、「美濃吉《みのきち》」などの名店も登場し、読んだ者は京都に対する憧れが募る。

だから多くの人が、山村美紗の本を手にとり、次々に売れた。

美紗は身体が弱く、しょっちゅう取材旅行には行けないので、よく知る「京都」を書くことが一番都合よかった。京都が舞台なら、遠出せずとも描ける。

それだけではなく、美紗の小説には、等身大の当時の女性像が描かれていた。

戦後の貧しい時代から国は次第に豊かになり、少しずつ自由になりつつあった女性たちは、恋をし、結婚に憧れ、ときには不倫で悩み、豊かになった生活の中で、花や宝石、美しいものを求め、旅をした。

自由に恋愛や結婚ができ、そして社会進出するようになったからこそ、女たちは裏切りや嫉妬の感情を抱き、苦しみ、悩み、それが事件につながっていく。

恋人同士たちの、明るく和やかな雰囲気やリアルな会話、すれ違い、愛し合う姿は、多くの女性読者の共感を呼んだ。

そして、高度成長期を経た日本社会の中に起こった弊害、公害、カルト宗教、受験戦争、京都のホテル建設ラッシュや、土地争いなど、豊かになった国が抱える問題も、次々に題材にしていく、社会派小説でもあった。

経済成功と共に生み出される、FAX、ポケット・ベル、携帯電話などの通信機器を使ったトリックが多数あるのは、美紗が新しいもの好きで、次々と購入して使いこなし、自身も実験していたから生み出されたものだ。

また、美紗の小説は京都を軸にして、全国各地の小京都、北海道、沖縄、バリやシンガポールなどを舞台とし、飛行機や新幹線を使ったトリックを生かし、各地の名産品なども登場する、トラベル・ミステリーでもあった。

自分の生活の中のあらゆるものを、美紗は小説の中に生かした。

親しくしていた服部和子の経営する「服部和子きもの学院」に、美紗は度々訪ねていった。美紗の小説の中には、友禅染や帯の結び方でのアリバイ崩しやダイイングメッセージなど、着物を事件の鍵にしたものや、京都の祭りで着物学校の生徒たちが登場する話、着物が事件のベースになっている物語が多いのは、おそらく服部和子との交遊の中で、アイデアを探っていったのであろう。

山村美紗の作品が売れたのは、次々とドラマ化されたことも大きい。本は興味があって手にする人の目にしか留まらないが、テレビは当たり前のように視界に入る。

まだインターネットなどの無い時代で、テレビが一番の娯楽だった。

山村美紗作品が多くドラマ化されたのは、「京都」という、見栄えのする名所が多い場所が舞台であることが大きい。京都は、多くの人が、修学旅行などで一度は足を踏み入れたことがあるので、馴染みがある。

古い神社仏閣が残る街並みを愛する人たちも多い。そこが「殺人事件」の舞台になる奇抜さも絵になる。

山村美紗作品の事件現場は、野外なら神社仏閣、あるいは家の中での密室殺人だ。古いお寺の境内での愛憎劇は、現実にはほぼありえないシチュエーションだからこそ、絵になる。映像化したら、映えることを熟知した上で、美紗は描いていた。

登場するのは、大学教授や医者など地位のある男や、女優や祇園のホステス、舞妓などの美しい女が多い。名家の遺産相続であったり、大学教授の座を巡る争いであったり、芸能界を舞台にしたり、華やかな世界がよく登場する。

それに加えて、京都のしきたり、文化、美、伝統——それらのものを美紗は小説に注ぎ込んだ。京都という街で活躍する、美しく知的なヒロインが映像として映えることを十分に知りながら。

古いものと新しいものが、美紗の作品の中には混在し、伝統を描きながら、時代の最先端、流行を取り入れた。

また、京都には松竹と東映の撮影所があり技術者もいるので、映像的に映える撮影もしやすかったのだ。

山村美紗作品のヒロインの魅力と華も、多くドラマ化された理由のひとつだろう。

キャサリン以外にも多くの美しい女性の名探偵が登場する。

日本画家の沢木と共に事件を解決する、祇園の舞妓・小菊。

父が亡くなったことにより、実家の葬儀屋を継いで奮闘する、葬儀屋探偵・石原明子。

東大出のクールな女検視官・江夏冬子。

不倫により仕事を辞め、探偵事務所に就職した不倫調査員・片山由美。

新聞記者の恋人と共に推理をする、産婦人科の看護師・戸田鮎子。

女子大生でありながら、家庭の事情でお金を稼ぐためにホステスをする小川麻子。

自身は推理作家で、女優の娘を持つ池加代子。

大阪空港の税関検視官・今井陽子。

推理作家でありながら、京都のテレビ局のニュース番組で、ニュースキャスターも務め、番組の中で事件を推理し解決に導く沢木麻沙子、矢村麻沙子。

美しく知的な女性たちが、京都府警捜査第一課の狩矢警部、橋口警部補たちと事件を解決していく。

山村美紗作品のほとんどは、女性が主人公で、探偵役か犯人を務める。

魅力的なヒロインは男たちを虜にする。ときには「犯人」を愛し愛され、葛藤もする。そんなヒロインは、テレビのドラマにうってつけだった。「京都」という舞台で、「美しく知的なヒロイン」が活躍するだけで絵になる。

かたせ梨乃をはじめ、片平なぎさ、萬田久子、酒井法子、伊藤蘭、酒井美紀、高樹沙耶、羽田美智子、東ちづる、牧瀬里穂、浅野温子、名取裕子、斉藤由貴、池上季実子などの人気女優たちが山村美紗サスペンスで主演を務めた。

山村美紗の作品は、半分以上がドラマ化されているだけではなく、舞台化、またゲームにもなっている。そうやってメディアと結びつくことにより、さらに本が売れた。

山村美紗は、自身を華やかな存在として表に出そうとするのと同時に、「魅力的なヒロイン」を創り出すのに長けていた。人に注目され、好かれる女はどういうものか、わかっていた。

美紗の小説はセンテンスが短く、難しい漢字やありふれた四字熟語などを避け、すらすらと読みやすく、わかりやすい。独特の美しい文体もあって、多くの人が手にとり、物語の世界に入り込みやすかった。

父親の常信の論文が難解だと言われていたこともあって、美紗は父を反面教師とし、自分自身は読みやすいものをと心がけていた。

京都という街のガイドブックでもあり、女性たちの憧れる世界、ロマンス、社会派、そしてトラベル・ミステリーと、様々な面を持った山村美紗の小説は、多くの人たちに受け入れられ、広がっていった。

＊

翌年、一九八五年（昭和六〇）七月二十五日、多忙の中、美紗は災難に遭遇する。

木屋町二条のホテルフジタのプールで泳ぎ、家族で食事をしたあと、宇治のマンションに帰った。美紗は家族が住む一階の自宅に立ち寄ったあと、六階の仕事場で暴漢に遭遇し、頭を殴られた。

外出する際にロックしておいたはずのドアが少し開いていたため、不審に思いながら応接間に入ったところ、人影を見た。その瞬間、後ろから鈍器のような物で後頭部を殴られ意識を失う。

しばらくして、意識朦朧の状態で自宅にたどりついたあと、再び気を失った。家族たちが伏見区の病院に運び込み、六時間後に意識が戻る。

何者かが合い鍵を使い強盗に入り、美紗が影を見た方向と逆の方から殴られているため、犯人はふたり組とされている。この事件は、結局未解決で犯人は捕まっていない。

美紗は毎日新聞の取材に、「犯人を完全犯罪で殺したいくらい」とコメントしている。

しかし、この事件が新聞や雑誌の記事になることにより、思わぬ出来事もあった。

美紗の代わりにマスコミに対応した紅葉は、「本人は、年齢は書かれたら困ると言っています。ほんのちょっとしたことですけど、女はいくつになっても気になるものです、もしお書きになるなら正確に書いてください。昭和九年八月二十五日生まれです」と頼んだが、実は昭和六年生まれであることをサンデー毎日が報道している。

美紗が売れっ子になるにつれ、「夫」の存在が消されていった。

エッセイに、娘のことは書いても、夫である巍は登場しない。

美紗は「山村美紗」を売り出すために、書いているものだけではなく、自らもミステリーな存在になろうとした。

外国の女流作家は、本に年齢など書かない。ましてや女流推理作家は、年齢とか結婚しているとか、身辺のことは謎に包んでいる人が多いのに、なぜ日本では、年齢や身辺のことを詳しく書くのだろうかと、反発心があった。

男性との付き合いは多いし、噂も立てられるが、それを「自分には夫がいるから」と否定するのも野暮な話だ。それ以上に、生活感や夫の存在が、「ファン」の好意を邪魔するのが嫌だった。

それに世間の目は、まだまだ煩い。夫の存在を表に出すことで、自分が自由に生きることを非難する人たちはいるだろう。夫より妻が稼ぐことすら、許さない人たちもいるぐらいだ。

たとえ自分の夫が許しても、世間の目は目立つ女に厳しい。

特に京都という街は閉鎖的で、デビューする前には、子どもを置いて推理作家の集まりに出かけることですら、近所の人の目につかぬように必死だった。

夫は自分を助けて、自由にさせてくれ、また尊敬してくれている。他の男なら、最初は口で応援しているようなことを言っても、いざ妻や恋人となれば、束縛し、自由を奪い、思い通りにさせようとする。有名になり自分より稼ぐ妻に嫉妬する夫だっているし、それは当然のことかもしれない。女が稼ぐと、仕事をやめてヒモになる夫の話もよく聞く。

巍には、そのようなところは無かった。美紗がどれだけ稼いで有名になろうとも、高校教師の職を続けて、頼ろうともしない。

また、数学教師である巍は、美紗が考え付いたトリックの話を聞いて、一緒に実験し、アドバイスをくれることもある。そんな話ができる人が身近にいるのは、ありがたかった。

巍自身も、わかっていた。

「この世界、宣伝よ」と、言って売れようとする美紗のことが。

結婚している生活感を出すと、美紗に興味を抱く男性たちの気持ちが覚めることもあるのを、知っていた。ファンの中には、疑似恋愛的な感情を抱いている人間もいる。女優やアイドルが結婚することにより、ファンが離れていくのと同じだ。

そうして、巍は、自らの存在を消して、美紗の陰になり手助けすることに徹し、一切表に出なかった。

「夫」の姿が消えると、周りも敢えてそれにふれようとはせず、美紗の夫婦関係は「ミステリー」となった。

弟の汎は、そんな夫婦の様子を十分に承知していた。

姉の夫は、非常によくできた人で、嫉妬することもなく温かく見守り続けていたし、本当に仲のいい夫婦だ――美紗の死後に、週刊誌の取材に巍のことをそう答えている。

巍が教師を辞めなかったのは、美紗の描く論理的なトリックは、数学教師である夫が考えたものだ――最初の頃にそういう噂があり、もし自分が教師を辞めたら、合作だと言われて、「山村美紗」の才能に傷がついてしまうからというのが大きな理由だった。

いや、それ以上に、有名になっていく妻のそばにいて、巍自身が、自分という存在を保つためにも、仕事を辞めたくなかったのではないだろうか。

巍について、「寡黙で辛抱強い人」と、娘の紅葉はエッセイで書いている。

でも、芯はしっかりと持っていて、決して自分というものを崩さない意思の強いところがある人。そして父は母を尊敬し、美紗が無名の時代でも、温かく見守っているような、優しく、寛大な性格の人だと。

巍は家族の前でも、「僕は陰の存在だから」と言い続け、そのように徹した。

そのおかげで、編集者の中でも、山村美紗に娘はいるが、離婚していると思い込んでいる者もいた。

美紗は、自分が独身か既婚者なのかは言及せず、「ミステリー」な存在になることに成功した。

何もかも本当のことをさらけ出す必要なんて、ないのだ。

作家は嘘を吐くのも仕事なのだから。

人々が失望する事実よりも、喜ぶ嘘を描くのが、作家だ。

社交的で華やかな美紗は、どこにいっても人気者で、男たちの気を惹いた。

美紗と一緒に祇園のお茶屋やクラブなどに遊びに行っていた京太郎は、「美人で可愛らしいし、よく笑う。話していて楽しい。どこに行っても彼女はモテて、ファンになってしまう」と書いている。

有名になるにつれ、才能や権威、地位のある人たちとの交流も増える。美紗は、ただの売れっ子作家であるだけではなく、京都大学名誉教授の娘なので、名を求める人たちも近寄ってくる。美紗にとって、そういう人たちの交際も取材のうちで、作品に取り入れもした。

ある有名なクラブで飲んでいた際、のちに首相を務めたある政治家が美紗を見て、コースターに美紗の似顔絵を描いて贈り、美紗のためにピアノを弾いたこともあった。

有名芸能事務所と縁の深い作家からも好意を寄せられ、ふたりがフランスで密会していたという噂もたった。

美紗は京太郎に「可愛い女と呼ばれたい」と、繰り返し言った。

頭がいいとか才能があるとかではなく、可愛いと思われたい、と。

男の人に、可愛がられたかった。美紗の頭の良さと、はっきりとしたものの言い方で引いてしまう人がいるけれど、だからこそ、可愛い女になりたいと願っていた。

金や才能のある男たちに称賛されるのは、嬉しい。

愛されたい、必要とされたい。

作家としてだけではなく、女としても。

いつ死ぬかもしれないと言われた少女時代、布団に身体を横たわらせ、外に出ることもできず、「好きなように生きねば」と誓った美紗は、たとえ誰にどう思われようが、自分が望むものを求めて生きる道を選んだ。

＊

殴打事件があった一九八五年（昭和六〇）に、山村美紗唯一のノンフィクション作品である『小説・長谷川一夫』が刊行された。

母のいとこで交流もあった長谷川一夫の伝記をと、出版社から依頼され、身内だからこそ難しいと悩みながらも、日本を代表する長谷川一夫の光と影を描いた本だ。

山村美紗の著作はエッセイ集は数冊、そしてノンフィクションはこの一冊と、小説以外の本は少ない。

『小説・長谷川一夫』のあと、こういったノンフィクションは刊行されていないが、あとがきに遺族に反対されたと、執筆の苦労を美紗自身が綴っている。

長谷川一夫は、「林長次郎」の名で俳優になり、初代中村鴈治郎の娘・たみと結婚していたが、松竹から東宝に移籍する際に、妻との間に深い溝が生まれる。

移籍の代償は大きく、暴漢に襲われ顔に傷を負った。

名前を本名に長谷川一夫にして、東京に移った一夫は、以前から贔屓にしていた新橋の芸者・りん弥こと飯島繁と暮らし始め、のちにたみと離婚して、繁と結婚する。

余談ではあるが、りん弥を贔屓にして、彼女が一夫と料亭「賀寿老」を開業した際に尽力した出光興産の創業者・出光佐三の甥・出光芳秀の妻が、ミステリー作家の夏樹静子だ。出光佐三は、百田尚樹『海賊とよばれた男』の主人公のモデルとしても知られている。

長谷川一夫は、中村鴈治郎の娘・たみとの離婚、そして飯島繁との再婚などの女性関係のゴタゴタで、実家との関係も複雑になっていた。

美紗は一夫の親戚であるがゆえに、一連のことを表に出して欲しくないと願う関係者から、伝記を描くことを非難された。

だから、『小説・長谷川一夫』は、ノンフィクション作品であるのに「小説」としなければならなかったのだ。

美紗は単に礼讃するのではなく、良いことも悪いこともすべて書き、長谷川一夫という名優の人生を描こうとした。美紗の作家としての誠実さが、遺族の反発を買い、連載途中には存命だった長谷川一夫本人と再会することも叶わなかった。

激しい葛藤はあった。実在の人物のことを書くとなると、フィクションだからという言い訳がきかない。それでも引き受けた以上は書かねばならなかった。

重厚な読み応えのある本になったが、あとがきで美紗自身が綴っている苦悩の重さのせいか、これ以降、美紗がノンフィクション作品を書くことはなかった。

この年、美紗は一年に十二冊の新刊を出している。この頃から、刊行点数が増え続ける。


名実共に京都を代表する有名人となった山村美紗は、南座の舞台にも立っている。

歌舞伎は鴨川の河原で、出雲阿国が始めたといわれており、その発祥の地に立つ南座は、歌舞伎の劇場の中でも伝統と格式を持つ。毎年、十二月になると、この南座で、歌舞伎界総出の行事「顔見世」が行われ、役者たちが舞台に立つ。

かつて、「顔見世」が終了した翌日、京都市、京都新聞社、KBS京都の主催で、京都在住の著名人による「素人顔見世」が、昼夜二回、一日限りで行われていた。

素人顔見世の練習は、本物の顔見世が行われている期間に、上方歌舞伎の名跡、片岡一門の指導により芝居の合間を縫って行われていた。

山村美紗も、この舞台に立った。京太郎によると、「みんなが、山村さんは主役をするものと決めてしまってた」のだ。華やかな「女王」が舞台に上がるのだから、主役以外にありえない、と。ワコールや京セラの社長、市長なども舞台に上がったが、主役は山村美紗以外にいなかった。

近松門左衛門の『恋飛脚大和往来《こいびゃくやまとおうらい》』の遊女梅川にはじまり、『於染久松色読販《おそめひさまつうきなのよみうり》』のお染、『鬼《き》一法眼三略巻《いちほうげんさんりゃくのまき》』の三段目『菊畑』では皆鶴姫《みなづるひめ》、『助六』の傾城揚巻《けいせいあげまき》などを堂々と演じた。

この素人顔見世を通じて、美紗は歌舞伎役者の二代目・片岡秀太郎と親しくなり、のちに小説にも、彼をモデルとした「片岡英太郎」という女形を登場させ、探偵役として活躍させた。また片岡秀太郎は、何冊か、美紗の文庫の解説も書き、美紗とのエピソードを記している。片岡秀太郎の養子が、テレビドラマや映画などでも活躍する片岡愛之助だ。

また美紗は、地元の放送局であるＫＢＳ京都で、一九八〇年（昭和五五）から始まった、日本の民放テレビ局史上初のプライムタイムで放映されたニュース番組「タイムリー10」に、キャスターとして出演し、浴衣を着て祇園祭のレポートをし、事件現場で取材もした。

推理作家でキャスターの沢木麻沙子、矢村亜沙子のシリーズは、美紗のキャスター経験から書かれたものだろう。ＫＢＳ京都へは、巍が車で宇治から送り迎えをしていた。

美紗の華やかな活躍の陰で、常に巍が表に出ぬように、支えていた。

第五章　京都組

デビューして十二年目、一九八六年（昭和六一）、五十二歳のときに、美紗は、京都東山の元旅館だった建物を改装し、宇治より移り住む。

旅館は本館と別館があり、別館は京太郎の邸宅となった。夫の巍は、美紗に頼まれ、邸宅の目の前のマンションに住んだ。

本館と別館は渡り廊下でつながれていて、美紗の住む本館から、京太郎の住む別館には自由に行き来することができる構造になっていたが、京太郎のほうからは、行くことはできない。

一階は台所や広いリビング、二階に美紗の仕事部屋があった。仕事部屋の入口をはじめ、あちこちに、暗証番号式の鍵をつけ、度々美紗は、そのナンバーを変えた。推理作家としての遊び心か、書いている姿を誰にも見られたくなかったのか。

清水寺や高台寺近くの、京都東山霊山に、山村美紗と西村京太郎が並びの家を買って移り住んだ――人々は、沸き立った。

巍は、京太郎と隣りの家に住むと聞いたときは、戸惑いもあったが、ふたりがよく長電話をしているのは知っていた。

既に長者番付の作家部門上位にいる京太郎とコンビを組むのは、美紗にとって必要なことだった。京太郎を自分の盾にして、出版社への圧力にする。ふたりで編集者を京都に招き、もてなし、仕事につなげる。

今以上に売れるために、「同志」と隣同士に住む。

美紗は、ふたりで出版社と戦っていくつもりだった。

舐められてはいけない、都合よく使われてもいけない、そして仕事を絶えさせてもいけない。ひとりだと力が及ばなくても、京太郎とふたりならば、自分に逆らう者たちはいないだろう。

出版社は、京太郎の原稿をもらうためには、まず美紗のご機嫌をうかがわねばならなかった。だから美紗にも依頼をする。京太郎だけに挨拶をして帰るなんてことは、できない。

美紗は、「権力」が欲しかった。

売れたら敵も現れる。だからこそ、ふたりで力を合わせなければならない。

美紗の仕事のためならばと、巍は反対などするはずもなかった。もちろん、自身も美紗と離れる気などない。ふたりは夫婦なのだから。京太郎が面白くないだろうと察することはできるが、自分は美紗のそばにいないといけないし、何より美紗がそれを望んだ。

こうして、美紗と京太郎の家が並び、道路を隔てた真向かいに夫の巍が住むという、文字通りのトライアングルができ上がった。

しかし、巍は「陰の存在」に徹していたので、編集者たちも、世間も、夫がすぐそばにいて、毎日行き来していたことを知らない。

東山の家は、巍の職場である東山高校にも近くなり、通勤が楽になった。

一九八〇年（昭和五五）に東京渋谷より京都市中京区に転居した京太郎は、二年後の一九八二年（昭和五七）に伏見区に引っ越して、四年後に美紗と共に東山の邸宅を購入し移り住んだ。

美紗と出会った頃は、「いい作品を書くけれど、売れない」と言われていた京太郎も、次々に作品が映像化される人気作家となっていた。長者番付の作家部門では、一位赤川次郎、二位西村京太郎という時代が長く続く。

売れない作家であったはずの西村京太郎の転機は、一九七八年（昭和五三）に刊行された『寝台特急殺人事件』だった。それまで社会派推理小説、スパイ小説、時代小説など、様々な作品を描いてきたが、『寝台特急殺人事件』は、売れに売れミリオンセラーとなり、西村京太郎は一気に日本を代表するベストセラー作家の座に躍り出る。

最初にファンレターをくれた、「ファン一号」である美紗と出会ってから、自分の運気は上を向いてきた、彼女は幸運の女神だ、と、京太郎は思っていた。彼女がいるからこそ自分は書けると、『寝台特急殺人事件』で売れっ子作家の地位を不動のものにした京太郎は、京都に移ってきたのだ。

「西村さんて、つまんないわね」と、美紗に言われるほどに、遊びも趣味も特にもたない、人付き合いが上手ではなく、編集者との駆け引きもできない、とにかく書くことだけしかない。京太郎にとって、美紗はいろんなことを知っていて教えてくれる人でもあり、同志であり、マネージャーのような存在だった。

「可愛い女と思われたい」と、美紗は繰り返し言うが、十分美人で可愛い女性だと京太郎は思っていた。すぐ怒るから、「怖い」と周りに思われているけれど、よく泣くし、喜怒哀楽を隠さない、正直な女なのだ。

ふたりで祇園のクラブに行った際に、若いホステスが京太郎に親しみを見せると、その場ではいつも通りにしているが、あとでクラブのママに「あの娘を今度から席につけないで」と電話しているのも、知っていた。嫉妬しているのだと思うと、ますます可愛い人だと思った。

何より、美紗と出会ってから、自分は売れまくっている。

「作家は書きたいものを書くんじゃない、売れるものを書くのよ。ベストセラーになって売れっ子になったら、何を書いても本になる。そのときに好きなものを書けばいい。まず、売れなくては、本が出なくてはだめ」

そういう考え方もあるのだと、美紗に教わった。そして美紗の言う通りにしているうちに、ベストセラー作家としていつしか不動の地位を築いていた。

やはり美紗は、幸運の女神だ。

京太郎にとって、小説家として生きていくためにも、美紗は誰よりも必要な女だった。

霊山の家は祇園にも近い。京都の行事、都をどりに編集者を招待し、お茶屋に舞妓を呼んでもてなした。

また、美紗の愛する清水寺がすぐ近くにあるのも大きかった。他にも、豊臣秀吉の妻・北政所の眠る高台寺、坂本龍馬の墓がある霊山護国神社、八坂神社、建仁寺など、京都の名所がすべて近くにある。

「京都を描く作家」山村美紗に、これ以上にふさわしい場所はなかった。

――私が、京都で、一番京都らしいと思うのは、祇園から八坂神社のあたりである。近所には、これまた、私の好きな清水寺もある――

美紗自身も、そう書いている。

「京都を舞台に描く作家」として、不動の地位を築いてはいたが、それまで住んでいた宇治は京都市内ではないし、伏見は「洛中」ではない。

宇治の家から祇園までは、一時間近くかかってしまうし、道路が渋滞していればそれ以上かかって、遠いのだ。仕事量が増えたからこそ、「付き合い」や「もてなし」のために市内に行く時間のロスも負担に感じた。

祇園のお茶屋やクラブなどにも、京太郎や編集者たちとよく足を運んだ。それは取材でもあり、美紗の小説には、度々夜の女や、祇園のお茶屋が登場する。

よく行く店は、京都では「蓼」「モンシェリ」「愛」「花登」「かな子」、東京では銀座の「数寄屋橋」「眉」「花ねずみ」「ペシャワール」などだ。

文壇バーとして、長年、数々の有名作家が遊んだことでも知られる「数寄屋橋」の園子ママとは親しくし、京太郎がひとりで東京に行き、数寄屋橋で飲んでいて夜十時になると、ママが京都にいる美紗に電話をかけ「京太郎さんはちゃんとうちへ来て、飲んでいますよ」と、報告の電話までしていた。

美紗は夜の世界の女たちを観察して小説に書いた。お茶屋やクラブ、スナックで遊ぶのは、編集者をもてなす目的もあるが、取材でもあった。ホステスたちは、女性である美紗ならば、アフターも安心だと、快く付き合い、本音も漏らした。

女子大生ホステス小川麻子シリーズをはじめ、美紗の小説には夜の世界の女がヒロインの物語が多数ある。彼女たちの生活、女の狡さ、男の愚かさ、嘘だらけの世界だからこその儚い美しさは、美紗がその世界をよく知るからこそ、リアルに描かれている。

京都という街は、そんな夜の世界の社交を抜きには語れない。偉い人たちが、本音を吐き、人間性をむき出しにする空間の深みを、美紗は描こうとした。

宇治に住んでいては、その世界とは実際の距離がある。

それ以上に、「京都の作家」であるために、誰もが認める「京都」に住まなければならない。

小倉百人一首に、喜撰法師《きせんほうし》の「わが庵は都のたつみしかぞすむ　世をうぢ山と人はいふなり」という歌がある。都の外れ、鹿の住む――宇治に住んでいながら、京都の作家の代表のようになっていることに、嘘を吐いているような後ろめたさと恥ずかしさもあったのだ。

ただでさえ、洛外と洛中とで、大きく差をつける考えが、京都には根深くある。宇治は京都の洛外ですらない。

国際日本文化研究センターの所長である井上章一のベストセラー『京都ぎらい』によると、「行政上、京都市にはいっていても、洛中の人々からは、京都とみなされない地域がある。街をとりまく周辺部、いわゆる洛外の地は、京都あつかいをされてこなかった。私をはぐくんでくれた嵯峨も、京都をかこむ西郊に位置している。ひらたく言えば、田舎だとされてきた地域のひとつなのである」とある。

名門・洛星高校、京都大学工学部という京都のエリートコースを歩んできた井上章一でさえ、自分が「洛外」であることに引け目を感じているのだ。

確かに、私も京都に住んで、よそものだからこそか、「京都」のどこに住んでいるのかにこだわり、住んでいる場所にプライドを持つ人たちがいるのは痛感している。

美紗が結婚する前、結婚後しばらく住んでいた伏見についても、『京都ぎらい』から引用しよう。

「伏見区は、京都市にくみこまれている。行政的には京都市内の一区をなしていると、そう言わざるをえない区域である。

しかし、洛中の京都人たちは、伏見区を京都の一部だと考えない。彼らは、あのあたりを洛南、つまり洛外にあたるところとして位置づける。だから、京都人をよそおう伏見の人がいればそれを想いあがっていると受け止める」

また宇治について、『京都ぎらい』の中では、KBSホールで開催されたプロレスの試合で、京都出身の自分が京都に帰ってきたというマイクアピールをするプロレスラーに対して、客先から、「お前なんか京都とちゃうやろ、宇治やないか」「宇治のくせに京都というな」という野次があがったというエピソードが描かれている。

もちろん、冗談交じりの野次ではあるのだろうが、京都の人間のプライドが垣間見える話だ。京都の作家で、父親は京大名誉教授という著名人でもある美紗の中にも、この京都のプライドは確かに存在したであろう。

＊

「京都の作家」となるためにも、東山の家は、美紗にとって最適な舞台だった。

清水寺近くの大正時代の旅館が売りに出されると聞いて、見に行ったところ、庭に紅葉の樹があり、娘の名前でもある「紅葉」とは縁がある――と、買うことを決めた。

売れっ子ミステリー作家ふたりの邸宅が東山霊山に並び、ここから、美紗と京太郎の快進撃に加速がかかる。

引っ越した一九八六年（昭和六一）に、美紗は十二冊の新刊を刊行している。

編集者たちは美紗と京太郎から原稿をもらうために霊山に訪れることになる。

もともと、京太郎は口下手、付き合い下手の不器用な男だ。

美紗にも度々、「あなたは小説しか書けない人」と、言われていた。趣味といえば麻雀ぐらいで、遊び歩くこともない。お愛想も言えない。

そんな京太郎が、社交的で話も上手く人を惹きつける術を知る美紗とコンビを組み、「京都組」「京都のふたり」あるいは「京都」と、編集者たちに呼ばれるようになった。

ふたりとも、本を出せばベストセラーになる売れっ子だ。しかも執筆量も多く、出版社としては、これ以上ない利益を生み出す作家である。

東京から、編集者や出版社の人間たちは足しげく京都に通った。

一月に新年会。八月にはふたりの誕生日の間をとって、誕生会が開催される。

どちらも、ホテルの会場か東山の山村美紗邸を使って、大々的に催され、出版社は役員が出席せねばならなかった。編集長、専務、常務、社長たちだ。

春には京都の祇園甲部歌舞練場での「都をどり」に招待され、年末には、美紗が出演する京都・南座の素人顔見世を観劇する。女優として活躍していた娘の紅葉が出演する舞台も、もちろん編集者らを連れて観に行く。

パーティは「山村美紗・西村京太郎先生新年会」と、必ず美紗の名前が先に来た。常に美紗の名前が先に出るのが決まりだった。本の売れ行きでは、京太郎のほうが上ではあったが、京太郎の原稿をもらうには、美紗のご機嫌をうかがわなければならない。

ホテルで開催される際には、パーティ会場で各社の編集者たちが女王様の到着を待ち構えている。ホテルの部屋で美紗は「謁見」するために一段高くなった上座に座っていた。

一社ずつ代表者が順番に挨拶をする。

ときには、「今度の表紙は何!」と、美紗が激昂する場面もあった。

雑誌の表紙に名前を出すのは必須条件だが、他のミステリー作家の名前と同列に扱うことも、タイトルが入っていないことも、美紗は許さなかった。

美紗が文芸誌に書くときは、何かしら特別扱いにしなければならないのが鉄則だった。

編集者や出版社の役員たちが、ひれ伏す美紗は、「女王」だった。

けれど、美紗はただ怒るだけの人間ではない。激昂したあとに、屈辱と怒りを抱えた編集者を呼んで、「本心で怒っているわけじゃないからね。これは京都のやり方よ」と優しく声をかける。

　そして自分に尽くす編集者たちにも、十分に情をかけた。年賀状はすべて手書きで、元旦に届く。忙しいはずなのに、心づくしは欠かさず、親しい編集者には高価なものをプレゼントする。編集者の家族の慶弔も気遣いを見せた。

「都をどり」を見たあとは祇園でもてなし、パーティのビンゴゲームでは豪華な賞品を用意し、喜ばせた。

　大勢の前では、自分の権威を見せつけるために怒りもするが、向きあったときは目の前の相手を喜ばせようとし、思いやりも見せる。常に細やかな気遣いを見せた。

　腹は立つけれど、嫌いになれない――そう思っている編集者も少なくなかった。

　京都の書店でも、おつきの編集者たちを引き連れて、派手な服装で練り歩いてみせた。自分がいかに人気のある作家か、書店員たちにも知らしめなければいけない。

　その振舞いは、傲慢にも見られることがあった。

　美紗と京太郎は、ホテルでのパーティだけではなく、度々、邸宅に多くの人を招いて、華やかな宴を催し、それは新聞記事にもなるほどだった。

　人前に出るときの美紗は、赤かピンクでフリルのついた、裾の広がったドレスを新調し、大きなルビーの指輪を着ける。まさに「女王」だ。

東山の邸宅は、社交場でもあり、多くの人をもてなす迎賓館だった。

美紗が疲労で倒れた際は、快癒祝いで、出版、テレビ関係者百人が東山の邸宅に集まった。

山村美紗サスペンスが放映されると、視聴率は二〇％を超え、出版のみならず、テレビ関係者にとっても山村美紗はドル箱だった。

「こんなパーティをするのも、西村さんと山村さんぐらいだ」と、つぶやいた出版社の幹部もいた。

山村家で開かれるパーティでは、祇園から呼んだ舞妓や芸妓がお酌をして、余興を披露する。素人顔見世で親しくなった歌舞伎役者の片岡秀太郎も顔を出していたが、ある年の新年会は、女形の扮装をして皆の前で舞った。名のある歌舞伎役者が、女形の扮装で、このような私的なパーティで踊るのは極めて珍しいことだ。

舞妓、芸妓、歌舞伎役者が芸を披露する部屋は、白いピアノ、ステンドグラスがはめ込まれた扉、シャンデリアに彩られて——そこは夢の家だった。

しかし決して、編集者たちをもてなすためだけのパーティではなく、美紗はいろんな人たちと交遊し、人を喜ばすことが好きだったのだ。周りの人たちに楽しく過ごしてもらうために一生懸命だった。

「研究熱心な人だったから、文化に携わる人たちと会って、吸収してたのだと思います」と、服部和子は言う。

「美紗さんは、喋り出したら止まらない人でしたね。明るく個性的で、思ったことを口にするけど、裏表がない人。私自身もそうだから、付き合いやすかったんです」とも話す。

京都の人間は裏表があるとはよく言われるが、美紗にはそういうところはなかった。だからストレートに怒り、笑い、泣く。感情が豊かな人だった。

時代も追い風が続く。

美紗と京太郎が京都東山に住み始めた一九八六年（昭和六一）は、まさにバブル景気が始まった年だった。この年に、男女雇用機会均等法も施行され、京都女子大学卒、同志社大学大学院修了の土井たか子が社会党委員長になり「おたかさん」ブームも巻き起こった。

本は売れ、次々とドラマ化される。出版社にとって、コンスタントに本を刊行し、必ず売れる山村美紗と西村京太郎というふたりの作家は、打ち出の小づちのような存在だった。

高額納税者名簿、いわゆる「長者番付」に、山村美紗が常連になったのもこの年だ。

美紗は、税理士を雇わず、「節税」を一切しなかった。

多額の税金を払っていたのは、長者番付に載るためだ。

長者番付は、二〇〇四年にプライバシーの観点から公表されなくなるが、それまでは五月の頭に新聞に載る納税額とランキングは、多くの人に注目された。

稼いだ額ではなく、あくまで納税額ではあったが、新聞に掲載され、日本中の人の目につく長者番付に名前が載ることは、大きな名誉だった。

一九八六年(昭和六一)、近畿の文筆家・美術家部門では、二位が西村京太郎、六位が山村美紗だ。納税額は、京太郎二億四千七八九万円、美紗が三千七七四万円。京都の文筆家・美術家部門では、一位京太郎、二位和久俊三、三位美紗、七位が瀬戸内晴美(寂聴)だ。

一九八七年(昭和六二)は、近畿の文筆家・美術家部門で、一位京太郎二億九千六六二万円、三位田辺聖子、四位美紗五千七八一万円。全国の作家部門では、二位が京太郎、十九位が美紗だ。この頃、作家部門では、赤川次郎が常に一位を独走している。

京都の文筆家・美術家部門では、一位京太郎、二位が美紗と、「京都のふたり」がトップを占めた。

一九八八年(昭和六三)は、近畿の文筆家・美術家部門一位が京太郎で二億八千四六八万円、四位が美紗で七千五三六万円と、京太郎には及ばないものの、山村美紗は次々と納税額を増やしている。その年の全国作家部門は二位が京太郎で、十一位が美紗、京都の文筆家部門では一位京太郎、二位美紗、三位が和久俊三だ。

一九八九年(昭和六四)、平成元年は、全国作家部門の二位が京太郎二億八千八三三万円、九位が美紗七千三七六万円、京都の文筆家・美術家部門では前年と同じく一位が京太郎、二位が美紗。

この年、昭和天皇が崩御し、時代が「平成」となる。

一九九〇年（平成二）は、全国作家部門二位京太郎二億六千二六二万円、十四位美紗六千四八五万円、京都の文筆家部門でも変わらず一位、二位を占める。

一九九一年（平成三）、全国作家部門二位京太郎二億四千四九七万円、十三位美紗六千五七八万円。この年、京都の文筆家・美術家ランキングでは京太郎の一位は変わらずだが、美紗は三位だ。

一九九二年（平成四）、全国作家部門二位が京太郎二億五千四八九万円、六位が美紗八千四〇四万円。

一九九三年（平成五）、全国作家部門二位が京太郎二億三千六九八万円、八位が美紗七千二六一万円で、この年、山村美紗は女性作家としてトップの納税額になった。

一九九四年（平成六）、全国作家部門、一位赤川次郎、二位京太郎二億二千一六八万円、三位内田康夫、四位司馬遼太郎、五位が山村美紗八千六二四万円で、女性作家トップだ。

美紗が亡くなる前の、一九九五年（平成七）も、京都の文筆家・美術家部門では一位京太郎二億二千五〇〇万円、二位が山村美紗五千九九一万円だ。

京都のふたりが上位を占める長者番付が毎年新聞に踊る。

山村美紗は、存在の華やかさのみならず、圧倒的な高額所得者となり、堂々たる「女王」になった。

山村作品は売れに売れた。『花嫁は容疑者』三十九万三千部、『京都婚約旅行殺人事件』三十六万部、『百人一首殺人事件』三十五万部と、息が長く売れ続けた。

仕事が増えても美紗は執筆を休まなかった。求める人たちのために彼女は猛烈に仕事をし続けた。

一年間に、十冊以上の新刊を出すのも珍しくなかった。

デビューして数年間は、新刊刊行点数は一年に数冊だったが、東山の家に越してくる前年は、十二冊、翌一九九六年も十二冊、翌年は十五冊と、多作になる。その後も、亡くなるまでに、年間七冊から十四冊という、尋常ではないペースで刊行を続けた。

あくまでそれは新刊の点数であり、以前に出版された本が文庫化や新装版として刊行される数を合わせると、凄まじいとしか言いようがない。

しかも現代の作家とは違い、すべて手書きだ。

パーティに華やかな装いで登場し、銀座や祇園のクラブで編集者たちと遊びながらも、美紗は書くことを休まなかった。


出版界のデータで具体的な数字を照らし合わせてみたい。

全国出版協会出版科学研究所が刊行した、「出版指標年報　二〇一九年版」で、書籍の売り上げの変動を見てみる。

まず、書籍の推定販売部数は、記録されている一九六四年（昭和三九）の二億五千六九八万冊から上昇し、山村美紗がデビューした一九七四年（昭和四九）は、五億九千一八九万冊だ。そこから上昇を続け、山村美紗、西村京太郎が京都東山に居を構えた一九八六年（昭和六一）、バブル経済が始まった年は、九億一千二十六万冊。翌々年の一九八八年（昭和六三）には、九億四千三七九万冊と、記録上、最高部数となる。そこから大きく変動はなく、山村美紗が亡くなった一九九六年（平成八）には、九億一千五三一万冊だが、これ以降、この数字より上昇することはなく、二〇一八年（平成三〇）には、五億七千一二九万冊に落ちた。

次に書籍の推定販売金額を見る。

記録されている最初の年、一九六四年は、九一二億円、そこから上昇を続け、山村美紗デビューの一九七四年には、四千二一四億円。また上昇を続け、山村美紗、西村京太郎が京都東山に邸宅を移した一九八六年には、七千四七七億円、バブルがはじけても上昇し続け、販売金額が最高額を記録したのが、一九九六年の一兆九三一億円、まさに山村美紗が亡くなった年だった。そしてここより下降し、二〇一八年は、六千九九一億円だ。

こうして数字で見ても、本の売り上げは下がっているのだが、書籍の刊行点数そのものは、山村美紗のデビュー一九七四年は一万九千九七九点、美紗が亡くなった一九九六年は六万三千五十四点、そして記録されている最高刊行点数は二〇一三年の七万七千九一〇点だが、二〇一八年も七万一千六六一点と、山村美紗が活躍した時代に比べ、増えている。

刊行点数が増えているのに、販売金額、販売部数は減っている。つまりは、一冊の本の売り上げが少なくなり、出版社、作家の収益も減少している。

山村美紗が作家として活動していた時代は、日本の出版のピークだった。

美紗が亡くなった年が書籍の最高販売金額で、それ以降、下降を続けているのは、山村美紗という作家は、まさに出版が一番活気があり本が多くの人々に読まれていた時代の申し子だということを象徴している。

知名度、売り上げ共に、山村美紗は日本の女性作家のトップの座にいた。

*

本の売り上げはトップクラス、名声も手に入れた美紗だったが、不安は常にまとわりついていた。有名になればなるほど、賞をとっていない劣等感が美紗を襲う。

今は自分が売れているから編集者たちもちやほやしているが、内心、「賞をとっていない」とバカにしているのではないかという疑いがぬぐえない。だからこそ、他人から見たら、支配的で横暴だとも思われるような態度をとってしまう。

そこには、自分は身体が弱く、いつ書けなくなるかわからないという不安もあった。

京太郎は、傍から見ていて、不思議だった。

美紗と、他の誰かと食事をしていると、美紗は一生懸命に自分のことを相手に説明する。賞はもらっていないけど、複数の月刊誌、週刊誌に連載を持っていて、本を出すと十万部以上も売れるし、テレビ化もたくさんされているんですと。

自慢にしか聞こえないし、隣にいても気持ちのいい話ではない。相手だって、口では「すごいですね」と言いながら、不快に想う者も、あるいは馬鹿にする者もいるだろう。

わざわざ自分から言わなくても、美紗は有名だし、彼女自身も人を惹きつける魅力のある人なのに、どうしてそんなにも「私はすごいのだ」と言わなくてはならないのか。

それを指摘すると、「バカにされるのが怖い」と口にする。だから自分はこんなに売れている作家だと説明して知ってもらわなければいけないのだ。

「あなたにはわからないのよ」

君の被害妄想だよと京太郎がなだめても、美紗はそう口にする。

賞をとっていない私の不安は、わからないの、と。

美紗からすると、消極的な京太郎を鼓舞するために、大袈裟に自分の自信の無さを口にすることもあった。京太郎のことが、もどかしかったのだ。

ある出版社の社長が社員を連れてきたときは、その社長が占い好きと知って、姓名判断の本を買って一夜漬けで暗記し、社長や社員の姓名判断から今後の生き方まで二時間近く話をした。

社長も社員も上機嫌で帰ったが、美紗はぐったりして、不安気に「社長さんは満足してくれたかしら」「うるさい女だと思って、二度と来てくれないんじゃないか」と、延々と不安を京太郎に訴える。

どうして、皆の前では傲慢に見えるほどに振舞うくせに、こんなにも自信がなくて不安なのか。攻撃的になり、相手を怒鳴りつけては、後悔することを繰り返す。

美紗自身もわかっている。

賞が欲しい。

一番欲しいのは、直木賞だ。

直木賞さえ手に入れれば楽になれるのに——。

直木賞は芥川賞と共に、日本で一番知られている文学賞だ。文藝春秋の社長でもあった作家の菊池寛が、友人であった直木三十五の名前で、芥川龍之介賞と共に、一九三五年から始めた。

芥川賞は純文学作家に、直木賞は大衆作家に贈られる。

直木賞は普段、本を読まない人たちですら知っている賞で、受賞すればマスコミにも大きく報道される。

だからどうしても欲しかった。直木賞をとれば、自分を馬鹿にする人間たちに溜飲を下げさせることができるだろう。

売れっ子になるにつれ、自分の小説に対する批判や悪口も耳に入る。

ワンパターンだ、登場人物に深みがない、描写力がない、トリックを優先させるためにストーリーに矛盾がある、文学的ではない、通俗的だ、文章力が無い、論理的な肉付けが無い。

あんなのに賞なんてとれるわけがない――。

美紗自身も、自分の小説の欠点はわかっていた。そもそも、自分は小説をどこかで学んだわけではない。

出版の世界で純文学をヒエラルキーの頂上とする人たちから見たら、いくら売れてドラマ化されても、自分の描くような小説は、「文学的ではない」と、見下されているのは肌で感じていた。自分が賞を欲しがっていることを、揶揄されているのは知っている。

文学賞という権威には、不似合いな作家だと。

私の書いたもののほうが売れているし、出版社に求められている。一部のインテリの権威のために読まれるようなものよりも、誰もが手にとれて楽しめるエンターティメントのほうが、価値があるはずではないか。

もちろん、やっかみがあるのも知っているし、そう励ましてくれる編集者もいる。

出す本が次々に売れ、華やかな存在で、目立つ。まだまだ女の少ない世界で、地味な作家たちの中で、男の作家の気も惹き、常に話題の中心だった。デビューだって、「松本清張に気に入られたからだ」と、「女を使って作家になった」ような言われ方もされた。「女は得だ。文芸誌に名前を載せると花があるからな」などとも言われた。まだまだ、今よりずっと女性作家の数が少ない時代だ。美紗のことが面白くない人間も、少なくなかった。

デビュー前から世話になっていた清張と疎遠になってしまったのは、ふたりの関係を噂する声が大きくなったのもあった。

確かに清張とは個人的に親しくしていたし、デビューしたあとも美紗を強く推してくれたのは間違いない。けれど、そこから今に至るまで自分が売れたのは、努力したからだ。

女を使った——そう非難するなら、すればいい。それの何が悪いのだ。有名な大学を出ていたり、文学者の親族がいたり、東京の文壇の人間が集う店で人脈を作ったり——そんなことができない自分は、ひたすら書き続け、地道に応募してきたのだ。

若い女の作家が現れる度に、その写真を宣伝に使い、「美人作家」だと浮かれて持ち上げるこの世界で、もう既に若さを失った自分ができることは、書きまくって売れることだけだ。

そして休まず、眠らず、ボロボロの身体に鞭打って小説を書いて、この地位を築いた。

けれどいつまでも自分が売れっ子作家で居続けられるものでもないのも、わかっていた。時代の流れに乗って、次々とベストセラーになっているけれど、この先もずっとその状態が続くと信じられるほど、能天気ではなかった。

ちょうど一九八〇年代後半から、「新本格ミステリー」と呼ばれる作品を書く作家たちが台頭してきた。綾辻行人、有栖川有栖、法月綸太郎たちや、京大ミステリー研究会出身の作家などが次々と世に出て、出版社も「新本格」をキャッチコピーとして、売り出そうとした。

今、自分を取り巻いている編集者たちの興味がいつか、新しいほうに移ってしまい、見捨てられるかと思うと、不安も大きくなる。

そのためには書くしかなかった。仕事は断らず、無理をしてでも引き受ける。本を出し続けて、売れる。その間だけは、自分は必要とされる。

編集者たちは、こぞって原稿を欲しがってちやほやしてくれるが、これから先、どうなるかなんて、わからない。自分以外の作家が京都ミステリーを書くのを阻止しているのは、ライバルが現れると自分などすぐに見捨てられてしまうからだ。

「自信が無いのよ」と口にすると、京太郎は「それは君の口癖だね」と答える。「これだけ売れているじゃないか」と慰めてはくれるけれど、賞をとっている人間には、自分の気持ちは永遠にわからないだろう。たとえ同志であり、作家の苦しみもわかちあえる唯一の存在である京太郎であっても。

山村美紗には「ライバル」はいたのだろうか。

本人たちが気にせずとも、周りが「ライバル」を作ってしまうことで、意識せざるを得なくなる。

美紗のライバルとされていたのは、夏樹静子だった。

夏樹静子は、一九三八年（昭和一三）に東京で生まれている。美紗の公称年齢よりも四歳若い。

慶応大学英文科在学中の一九六〇年（昭和三五）に、五十嵐静子名義で書いた『すれ違った死』が江戸川乱歩賞候補になった。それがきっかけでＮＨＫの推理クイズ番組のレギュラーライターになり、文芸誌にも小説を発表し、仁木悦子や戸川昌子らと、女流推理小説作家の会「霧の会」を結成した。

しかし大学卒業後、結婚して福岡に移り住み、主婦になる。出産後、執筆を再開し、『天使が消えていく』が、第十五回、江戸川乱歩賞の候補となり、翌年に出版された。

美紗が予選通過どまりの中、何度かの投稿を繰り返し、最初に江戸川乱歩賞の候補になったのは、第十六回だ。そんな中、華々しいデビューを飾ったのが、夏樹静子だった。美紗と同じく江戸川乱歩賞を受賞はしていないが、デビューしてまもない一九七三年（昭和四八）に推理作家協会賞、のちにフランス犯罪小説大賞なども受賞している。

そして夏樹静子の作品も、美紗と同じく、次々にドラマ化、映画化もされて話題になっていた。

美紗は「ミステリーの女王」とキャッチコピーをつけられることもあったが、夏樹静子と同じ文芸誌に載るときは、編集者が夏樹に気を遣い、「トリックの女王」とされた。夏樹のほうは「サスペンスの女王」で、「ミステリーの女王」が並び立たないようにしていたのは、どちらかに機嫌を悪くされても困るからだ。

美紗は「日本のアガサ・クリスティー」、夏樹は「日本のエラリー・クイーン」と呼ばれた。

美紗自身も夏樹の存在は意識していたらしく、京太郎とふたりでいるときに、駅の書店で京太郎が「あ、夏樹さんの本だ」と口にしただけで、不愉快さをあらわにした。

夏樹静子は、美紗の劣等感を刺激する存在だったであろう。慶応大学を出て、若くしてデビューし、作家たちとも交流があり、夫は出光興産の創始者・出光佐三の甥だ。

美紗とて京都大学名誉教授の娘ではあるけれど、卒業した大学を短大ではなく「府立大学」とプロフィールにしたりデビューするまで十年かかって苦労を重ねたことを隠したりするところにコンプレックスが垣間見える。美紗からしたら、大学時代から注目されていた夏樹は、たとえ面と向かって会う機会はほとんどなくとも、意識せざるをえない相手だった。

何より、周りが「ライバル」という目で見るのだから、どうしてもそうとらえてしまう。

だからこそ、長者番付に載りたかった。

当時、長者番付は作家の人気のバロメーターでもあった。

*

出版社の人間を足もとにひれ伏させ、「女王」然として振舞う美紗と、その隣に住む京太郎の関係は、噂にはなっても、週刊誌等で取り上げられることはなかった。

「作家タブー」と呼ばれるものだ。大手週刊誌を出している出版社は、どこもふたりの本を刊行し、大きな恩恵を受けている。だから批判や揶揄することは許されない。

これは美紗と京太郎だけではなく、他の売れっ子作家もそうだった。スキャンダルは、表に出ない。

今ならインターネットのサイトに載るか、あるいはSNSで個人のつぶやきなどで書かれもするだろうが、当時は雑誌か新聞かテレビだけが情報の発信源で、そのいずれにも利益をもたらす作家たちが悪く描かれることはなかった。

政治家や芸能人よりも、守られていた。

けれど、ひとつの雑誌が、ふたりをターゲットにした。

ゴシップ誌『噂の眞相』である。

二〇〇四年（平成一六）に休刊するまで、「反権力・反権威」「タブーなき雑誌」を標ぼうしていた岡留安則編集長率いる『噂の眞相』は、唯一、ふたりのスキャンダルを追った雑誌だった。広告主のいない、独立した編集体制の『噂の眞相』だけは、誰に気兼ねすることなく作家の批判ができる。

一九七九年（昭和五四）に刊行された『噂の眞相』は、皇室ポルノ、のちに辞任につながった東京高等検察庁検事長・則定衛の愛人スキャンダル、森喜朗の大学時代の売春防止法違反での検挙歴を掲載し訴えられもした。

出版の世界でも、作家の和久俊三のスキャンダルを載せ、名誉棄損裁判となる。他にも、有名作家や編集者たちのスキャンダルなどが、写真と共に掲載された。

『噂の眞相』以外には、載らない記事ばかりだ。当時の媒体が一切ふれない「作家タブー」が、次々に掲載された。

夫婦ではないのに並びの家に暮らす美紗と京太郎、そして編集者たちに対する傲慢ともいえる振舞いの美紗は、恰好のターゲットだった。

ふたりが並びの家に住み始めた頃から、『噂の眞相』には、度々、記事が出ることとなる。本文の扉絵に、名前は書かれてはいないが、どう見ても美紗と京太郎の、淫らな絵が描かれもした。

美紗は、京太郎との関係を『噂の眞相』が記事にし始めた頃、最初は「訴えてやる」と怒ってはいたが、当時、月刊『文藝春秋』の次に売れていた月刊誌であったため、売れっ子作家同士のスキャンダルは本の売り上げにはプラスになった。

巍に対しても、「こうやって話題になったほうが売れるのだから」と言った。スキャンダルも宣伝のうちだと。

そして「女王」と書かれるのも喜んでいた。

美紗はスキャンダルも武器にしてみせるつもりでいた。注目されることが、ありがたいぐらいだ。

巍も、何にせよ、話題になることは美紗の宣伝になるのだと、何も言わなかった。

自分はもともと、美紗が作家になったときに、陰の存在になると決めているのだ。マンションから、美紗のいる家に行くのも、京太郎がいるときは、姿を消すようにしていた。

美紗のほうから京太郎の家に行くことは自由にできても、逆はない。京太郎自身も、美紗には夫がいるから、許可なしで家を訪ねることはさすがにできなかった。

巍と京太郎は、ちらっと美紗の家で顔を合わせてしまうことはあっても、話しはしない。美紗にとって京太郎は同志で、巍は夫で――どちらも必要な男であるからと呑み込んではいたが、お互い、決して面白い存在ではなかった。

京太郎は内心、美紗が離婚して自分と結婚してくれることを望んでいたが、「私の父が巍さんを気にいってるし、巍さんもよくしてくれてるの」と、離婚の意思のないことは聞いていた。美紗が自分の子どもたちの冠婚葬祭に夫と出かける際は、寂しくもあったが、しょうがないと諦めもした。

たとえ夫がいても、美紗の「パートナー」は自分なのだ――そう思うことで自身を納得させてもいた。夫婦以上の絆があるのだと。

美紗が有名になり仕事が増えるにつれ、体調も不安定になる。美紗が発作を起こし呼吸が苦しくなったとき、主治医を呼んでも到着までの間が待てないようなこともしばしば起きた。巍は主治医に頼み込み、注射の仕方を習い、注射器と呼吸を楽にする器官拡張剤のアンプルを預かり、主治医の代わりに注射ができるようにしていた。

昼間は教師の仕事があるのに、どれだけ疲れて眠くても、巍は助けに来てくれ、発作が収まるまでそばにいてくれる。

こうして身体の弱い、手のかかる女を助けるために、夜中に駆け付けてくれる男が、果たして他にいるだろうか。

年を取り、仕事が増え、苦しい日が増えたからこそ、美紗は巍の存在がありがたい。

いつ発作に襲われるかわからない、ある日、突然、書けなくなるかもしれない恐怖は、常にあった。それを一番理解して守ってくれているのは、まぎれもなく巍だった。

けれど京太郎も必要な存在だ。

同志であり、自分がこうして小説家として売れるのも、京太郎の存在が大きい。自分ひとりならば、とっくに編集者に見放されているかもしれない。作家同士だからこそ、他の人には言えない本音も、京太郎の前では正直に口にできる。京太郎とは、創作の苦しみもわかりあえる。

ふたりとも、必要な男だった。

「作家・山村美紗」であるために。

他人には理解できない関係かもしれないけれど、どうしても、ふたりとも手放せない。

美紗を挟んで、隣に住む京太郎、向かいのマンションに住む巍――三人の関係は、まさにトライアングルを描いていた。

多くの人々は、美紗は巍と別居し疎遠になり、パートナーは京太郎であると信じていた。美紗と親しくしていた服部和子ですら、その噂が耳に入っていたからこそ、巍のことは敢えてふれないようにしていた。

＊

『噂の眞相』は一九八〇年代後半、東山霊山にふたりが住み始めてから、頻繁に記事にした。

「不可解な根強い文壇タブーの悪しき実態を打破せよ！　隣接する売れっ子作家・西村京太郎と山村美紗の邸宅」（一九八八年六月）

「〝ミステリーの女王〟こと山村美紗の水着写真が！　創刊執念記念号への寄稿に編集スタッフも感激」（一九九四年五月）

このように、度々ネタにされたのにも関わらず、『噂の眞相』十五周年企画「私は『噂の真相』ここが嫌いだ！」で、原稿依頼を受けた美紗は、「いつも私の悪口を書いている『噂の真相』が私に原稿を依頼してきたというのが、まず面白い」（中略）「折角、週刊誌もどこも書かない情報が書かれていて面白い雑誌なので、今後もつぶれたりせず、楽しませて欲しいと思っている」と自らのスキャンダルすら楽しんでいるかのような余裕のある文章を寄せている。

ちなみにここで取り上げられている「水着写真」は、美紗がカレンダーにして編集者やファンにプレゼントしたものだ。

美紗が忘年会で「申年だから」と、編集者に猿の恰好をさせ踊らせたという記事も出た。緊縛された美紗を、次女が強盗かと驚き警察に通報したが、実は京太郎とのSMプレイであった——などと書かれたこともあった。

さすがにひどい記事だと思ったが、もしかして宇治のマンションの殴打事件のことが、どこかでねじれてこういう「噂」になったのかもしれない。

ただの恋人同士ではなくSMの関係——『噂の眞相』の記事がきっかけで、のちに団鬼六が京太郎と対談したときに腹を探られるほどに、業界に知れ渡り、また好奇の目が光る。

美紗は、『小説新潮』のエッセイでは、「世間では、私と西村さんのことを、色々噂しているようですけど、ふたりの電話での会話をきいたら、がっかりするでしょうね。『そっち、あと何枚?』『私? あと三十枚』『え? そんなに書いたのォ。こっちは七十枚だよ。裏切者!』『今度の初版何万部ですか?』『××万部』『えっ、いいわァ。ショック!』などという殺風景なものです」と書いて、余裕を見せている。

話題になればなるほどに、人の興味を惹くと思うと、楽しくもあった。

スキャンダルすら武器にして、絶頂にあった美紗だが、この頃、実は身辺では次々と家族を亡くしていた。膨大な仕事依頼と、老いた両親の介護問題で心身は摩耗していた。

一九九〇年（平成二）に、美紗の母である木村みつが亡くなる。心筋梗塞で、享年八十二だった。

また翌年、美紗が敬愛していた父の常信も急性肺炎のため、八十九歳で亡くなる。

ふたりとも葬儀は東山泉涌寺の雲龍院であった。

雲龍院は真言宗泉涌寺派別格本山で、一三七二年、後光厳天皇《ごこうごんてんのう》により開かれ、息子である御《ご》円融院《えんゆういん》が龍華殿を建立した。

泉涌寺は、多くの天皇が眠る寺で、皇室とのゆかりが深く「御寺」とも呼ばれている。二〇一九年には、即位を歴代天皇に報告するために、天皇皇后両陛下が訪れ、東大路から続く参道が、多くの人で賑わった。都が東京に移る前、京都での最後の天皇であった孝明天皇の墓もここにある。

泉涌寺の先々代の住職が、美紗の父・常信と交流があったことから、木村家の墓がここにあった。美紗自身も、皇室ゆかりの寺に両親の墓があることを誇らしげに京太郎の前で口にしていた。

京城から引き揚げ、徳島や大分などを転々としたのち京都に戻ってから暮らした伏見には、孝明天皇の息子である明治天皇の陵があった。美紗が通っていた高校は、明治天皇が眠る桃山陵の麓にある。

美紗は父を尊敬していた。引き揚げのあとは、寂しい想いをしたこともあったけれど、無償の愛を注いてくれた父だった。

美紗が小学校から帰って、友だちに裏切られた話や、出された試験問題が二通りの答えが出るという話をすると、いつも味方になってくれた父だった。「お父さんが、そいつを殴ってやる！」、「先生の力がないんだ。問題が悪い！」と一緒になって憤慨してくれる。

法律学者だったけれども、父なら、たとえ自分が殺人などの罪を犯しても、理解して味方をしてくれると思える存在だった。

美紗の小説では、度々、大学が舞台となっており、キャサリンの恋人の「京南大学法学部助教授」浜口一郎をはじめ、大学教授が度々登場していた。尊敬する父が、美紗の小説には確かに存在している。

両親を亡くした翌年、一九九二年（平成四）、それまでの功績をみとめられ、京都市から「京都府文化賞功労賞」「あけぼの賞」を授与された。文化功労賞は、日本画家の上村淳之、中村雁治郎などと共に、荒巻京都府知事から賞状、記念品などを授与されている。この年、恩人である松本清張が八十二歳で亡くなって、美紗も文芸誌に追悼文を寄せている。

一九九四年（平成六）に、夫の巍は東山高校を定年退職する。定年後も続けることはできたが、それを断ったのは、持病である喘息と虫垂炎の手術により身体が弱っていた美紗のサポートのためだった。

巍が美紗の看病のために仕事を続けるのを諦めたと聞き、弟の汎は巍に申し訳なく思いながらも、安堵した。

家族から見ても、美紗の肉体がギリギリであることはわかった。けれど、姉は仕事を休もうとはしない。そして弱ったところを他人にも見せないから、どんどんと編集者から依頼が来る。

美紗は二十年間、虫垂炎を患っていたが、その度に薬で散らし、痛みにのたうち回っていた。内臓がかきまわされるような激痛に襲われ、ついに耐え切れず手術をしたのだが、患部が癒着して経過はよくなかった。普通の人なら十五分で終わる手術が、二時間もかかった。しかも美紗は麻酔が効きにくい体質で、その苦しみは地獄だった。五年前には過労で喘息を悪化させ、一ヶ月ほど入院もしていた。

喘息の発作、腹部の痛み、六十歳になった美紗の身体はボロボロだったが、それでも書くのをやめなかった。周りが心配しても、仕事の依頼は断らない。

最高で、一晩に原稿用紙で百五枚書いたこともある。だいたい一日二十時間仕事をしていた。

毎月五百枚から六百枚を執筆し、自宅の二階の仕事部屋ではベッドを椅子にしていた。ベッドの隣にテーブルを置き、疲れたらそのままベッドに横たわり休んで、また起きてすぐ執筆を続ける。髪の毛をセットする時間も惜しんでいたので、人前に出るときはウィッグを着けていた。

美紗は夜中に仕事をしていた。朝の六時になり、鳥が鳴き始める頃に仕事を終わらせ、出勤してきたお手伝いさんにリンゴジュースとおかゆを作ってもらい、一、二時間眠る。

九時過ぎには、官公庁や地方自治体からの講演やインタビューの依頼の電話で起こされる。うとうととしながら、十一時前になると、株の前場の終わり値が知りたくて、ラジオかテレビをつける。株は小説家になってやめたのだが、小説の中に度々登場させることもあって、意識してチェックしていた。

ラジオをつけっぱなしにして、執筆を開始する。午後は編集者からの電話、テレビ局との打ち合わせ、六時になると夕食を食べ、七時から一、二時間眠る。夜十時から、本格的な執筆に入り、二時間ごとに十枚、原稿をＦＡＸで送った。

夜中の気晴らしは、家にあるビリヤードの球を打つか、ファミコン、そして同じく夜中に執筆しているであろう隣家の京太郎に電話をすることだった。

仕事部屋のグラビア写真を見ると、ベッドの周辺には、電話やＦＡＸ機、ワープロが置かれている。マネージャーはおらず、自らこの電話で仕事を受け、でき上がった原稿はＦＡＸで送っていた。休むはずのベッドの周りには仕事の用具が並び、まさに二十四時間、ひたすら小説のことを考えていたのがうかがわれる。

紅葉も、母はいつ寝ているのだかわからなかった。

夜中でもアイデアが浮かぶと、「こんなトリックを考えたの」と母が電話をかけてくる。いつもアイデアはたくさんあって、「書きたい、書きたい」とペンを動かすのがもどかしいようで、体に悪いとわかっても、書くのはやめられなかったのかもしれないと思っていた。

美紗は締め切りも守った。締め切りは編集者との約束だから、応えたかった。どんなに疲れていても、編集者から依頼があると仕事を受けてしまう。

トリックは次々に浮かんでくるし、書くことには困らない。

「私が本を出さないと、もみちゃんの仕事がなくなっちゃう」

女優になった娘の紅葉の出演作品のためと美紗は口にした。

山村紅葉は、結婚して国税局を退職したあと、「専業主婦になるつもり」だったのに、再び女優の道に吸い込まれていった。山村美紗サスペンスだけではなく、京太郎作品の映像化、数々のドラマ、舞台などで活躍する女優になる。

そして女優として生きていくことを決めたとき、子どもを諦めた。子育てとの両立が安易なものではないのは、母を見てきてわかっていたし、もしも子どもがいたならそばにいたかった。母になるより、女優を選び、お茶の間の顔となっていった。

美紗は年を取ったら、こんな余裕のない生活ではなく、バラを作ったり、絵を描いたり、友達と時間を気にせず話したりするという暮らしがしてみたかった。けれど、死ぬまで現役で書き続けたいという憧れもある。

昼と夜とを完全に逆転した不健康な執筆生活を約三十年続ける美紗は、弟の汎から見ても義理人情に厚い姉御肌の気風の持ち主で、編集者からの依頼には決してノーとは言えない人間だとわかっていた。

せめて巍が美紗の全面サポートにまわってくれたことが、唯一の救いだった。

体調が悪化してから、日本家屋の湿気が喘息に悪いと、巍のいるマンションで過ごすことも増えた。

巍は、喘息だけではなく手術後の痛みにのたうちまわる美紗を、「その苦しみを変わってやりたい」と思いながら、看病していた。

美紗は、苦しむ姿を他人には見せたがらない。仕事場だって、鍵をかけて普段は誰も入れないようにしていたぐらいだ。編集者たちの前では、元気なふりをして、いつもの強気な姿を見せ、依頼をどんどん引き受けてしまう。

「もう受けられない、断るつもりよ」

と、言っていたくせに、実際に顔を合わせ、編集者から頭を下げられると、「いいわよ」と口にしてしまうのだ。

限界は超えていた。そして美紗が無理している分、負担が巍にかかってきた。

今までも高校教師の職に就きながら、深夜に美紗が空腹を訴えた際に、中華料理屋に行き食事を買ってくるなどして手助けしてきた。巍もつらかったが、美紗も体調が悪いのが当たり前の日々だった。

美紗自身もつらいだろう。もともと完璧主義ゆえに、人のミスやいたらなさが目につき、一時期は十人ほどいたお手伝いさんも、皆辞めてしまった。

最後に残ったのは、美紗が取引していた銀行から紹介された女性だった。彼女は銀行を定年退職したのちに、美紗の家に来た。

彼女が朝、美紗の家に行くと、徹夜明けの美紗が「昨日は百枚書いたの！」と、声をかけてくる。彼女の反応が薄いと、「どうしてもっと喜んでくれないのよ！」と、怒られもした。

彼女が家の都合で休む日になると、何故か美紗の具合が悪くなり、大変なこともあった。

そのお手伝いの女性と巍が、交代で世話役を務めたが、ふたりとも美紗の体調の悪さを心配していた。

ベンツのキャンピングカーを購入したのは、美紗が横になったまま移動するためだ。

そこまでしても書くことをやめない美紗を助けていた巍の体力も限界に近づいていた。

もともと巍だとて、そう丈夫な人間ではないし、年齢も還暦をとっくに過ぎている。夜中に苦しむ妻に注射をし、発作が治まるまで身体をさする。美紗が死ぬか、自分が死ぬか、どちらかだ——そう考えていた時期もあった。

それでも美紗は、書かねばならなかった。

期待に応える——いや、自分自身が書きたい、書くことが溢れてきて、書かずにはいられなかった。小説を書くことに取り憑かれていた。

そのためには、ボロボロの身体をなんとかしなければならなかった。


美紗の次女・真冬は、姉と同じ早稲田大学を卒業したあと、フランス留学を志し、パリのフランス人家庭に起居して大学の聴講生としてフランス語を学んでいた。

ちょうどその頃、美紗の喘息の発作がひどくなり、治療にコーチゾンを使いたいが、病院の医師は副作用を恐れて、ほんの少量しか与えてくれなかった。それは火事を消すのに、コップの水をかけているような状況で、美紗は度々呼吸困難に苦しんでいた。

巍は、コーチゾンの研究ではフランスが先進的だと聞いているので調べて欲しいと真冬に頼んだ。真冬はフランスで最新の研究報告を集め、どの程度まで大量投与ができるのか、そして状態が落ち着いたら、どのぐらいの期間で、どれほどの減量投与をすればいいのかをフランスの専門医に教示してもらった。巍は、真冬に、その文献を持ち帰り、日本の担当医に治療に取り入れてもらうように直接話してしてくれないかと帰国を頼む。

真冬は、帰国し、日本医大の附属病院に入院している美紗のもとに行き、担当医に話す。担当医は、真冬の持参したレポートに目を通し、主治医の許可が出たらやってみましょうということになり、約一ヶ月をかけ、新しいコーチゾン治療を行い、期待以上に良い結果が出た。家族一丸となり、美紗を支えていた。

真冬は再びフランスへ渡り、海外勤務中だった日本の民放のテレビカメラマンの青年と愛が芽生え、パリの市長公舎で市長立ち合いのもと結婚式をあげた。現在は帰国し、ふたりの女の子をもうけ、四人家族となり暮らしている。

*

〈またまた新しい風邪をひいてこじれ、呼吸困難になり、グラビア撮影ができなくなってしまいました。ごめんなさい、すいません〉

〈私の体、ようやくなおる方向に向かって来ました。今だから申しますと、ひどい肺炎で死にかけていたのです。喘息も長引いて、呼吸困難でした〉

編集部に、美紗からそのようなFAXが送られてくるのも珍しくはなくなっていた。

仕事を遅らせることは何より嫌だが、身体がいうことを聞かない。美紗は、傲慢とも言われる態度のときとは別人のように、何度も謝罪した。仕事が思うようにできないのを、一番苦しんでいたのは、美紗自身だった。

一九九五年（平成七）、この年、日本中が揺れる。阪神・淡路大震災、地下鉄サリン事件が起こり、人々を不安に陥れる。

バブル経済も数年前に弾けて、人々は日本という国が下り坂にあることに気づき始めた。

この年の十一月に刊行された、キャサリンシリーズの『神戸殺人レクイエム』で、キャサリンは阪神・淡路大震災のボランティアとして神戸に行き、その地で起こった殺人事件を解決するというストーリーで、被災した神戸の様子が詳細に描かれている。

美紗自身の生活は、体調が芳しくないことを除けば、仕事は相変わらず絶好調だった。長者番付も、必ず上位に名前があった。

翌、一九九六年（平成八）、京太郎が倒れた。

脳血栓で、発見したのはフランスから帰国していた真冬だった。幸いにもすぐに病院に運び込まれたおかげで命に別状はなかったが、療養をすすめられる。

確かに京都は湿度が高いし、夏は暑くて冬は寒く、病人には厳しい街だ。京太郎は、しばらく神奈川県の湯河原で療養することを決める。けれど、元気になれば、京都に戻ってくるつもりであった。今までのように、美紗と二人三脚で書いていくのだと。

美紗は相変わらず体調が悪く、この年に書かれた『大江山鬼伝説殺人事件』の取材は、妻の代わりに巍が現地を訪れ、地図などの資料を作成した。

美紗は、東京にいる日本医大の主治医に集中的に治療してもらう目的もあり、八月二十六日から一ヶ月間、帝国ホテルのスイートルームを予約した。キャンピングカーで、美紗、巍、娘の真冬、お手伝いさんと上京する。

京太郎が倒れたこともあり、例年の行事でもある誕生パーティも取りやめになった。代わりに、編集者たちを帝国ホテルに招いたり、家族で食事したりもした。

九月五日、美紗はいつものように、スイートルームのテーブルに原稿用紙を広げ、執筆していた。連載している小説が二本あった。

午後二時三十分、具合が悪くなり、主治医を呼ぶ。痛みなのか、お手伝いさんが美紗の叫び声を聞いている。

主治医が急いで訪れるが、美紗は午後四時十五分に息を引き取り、心不全と診断された。

湯河原にいた京太郎のもとには次女の真冬から電話があった。

「ママが……ママが死んじゃった」

電話の向こうの真冬は泣きじゃくっている。

意味がわからない。

「あなたは独身だから、私がお葬式を出してあげる」

彼女は、そう言っていたではないか。自分より先に逝くはずがなかった。

「年を取ったら、私は作家をやめて、あなたのマネージャーになろうかな」

そうも口にしていたはずだ。

京太郎は湯河原で、ただ呆然としていた。

しかも翌日の九月六日は京太郎の誕生日だった。きっと「おめでとう」と電話をくれるはずだったのに——。

長女の紅葉は京都で撮影中だったが、母が危篤だと連絡が入り、帝国ホテルに駆け付けた。惜しくも母の命は絶えていたが、まだぬくもりが残る母の横で、泣きながら主治医の説明を聞いた。美紗の遺体は、キャンピングカーに横たえられ、紅葉は母の亡きがらと共に京都に戻った。

早朝に着いて、紅葉は葬式の段取りや手配をすすめたあと、一睡もせずに撮影所に入った。まだマスコミには漏れてはいないので、何事もなかったかのように仕事をしないといけない。必死に演じ、撮影が終わると、どこからか耳にしたらしく、共演していた女優のかたせ梨乃が、「よく頑張ったね」と、声をかけてくれた。

九月九日、両親と同じく東山区泉涌寺の雲龍院で葬儀が行われた。

その日、京都は雨で、「涙雨ですね」と、口にする者もいた。

泉涌寺の参道の両側には鬱蒼と大木が生い茂っている。参道に並ぶ人たちの喪服を雨が濡らした。

祭壇は、美紗の好きだったひまわりと胡蝶蘭が飾られ、真っ赤なドレスを着た写真が遺影に使われた。

親族席には喪主である夫の巍、娘の紅葉と真冬、そして京太郎が並んだ。

数多くの花が並び、出版関係者のみならず、船越栄一郎、若林豪、芦川よしみ、星由里子、神田正輝、沢田亜矢子など、山村美紗サスペンスに出演した俳優たちも訪れた。

「狩矢警部」を何度も演じていた若林豪は特に美紗と親しく、通夜の前から親族と共に美紗の遺体に寄り添っていた。

美紗の葬儀には、八百人もの人が訪れ、その死を悼んだ。

「よく、あなたは『何もないのによく続くわね』と、言っていましたね。何もないのにというのは男女の関係がないのに、ということなのですが、あなたの優しさと気配りがあったから三十年も続いたんだと思います」

と、京太郎は弔辞を読んだ。

戒名は「香華院麗月美徳大姉」。

弟の汎は、なぜもっと強く忠告して執筆注文を断らせ、姉を十年、否、せめてもう五年、生かしてやらなかったのかと悔やんだが、それは家族とて同じ気持ちだった。

紅葉は、棺の中の母の顔を見て、そういえば、母の寝顔を見たことがなかった。いつ寝ていたのだろう。こんな穏やかに目を閉じて眠る母の顔を初めて見た、と思った。

参列した編集者たちも、まさか死に至るほど美紗が無理をしていたと知らなかった——と、胸を痛めた。厳しい人だったし、怒られもして、腹が立った記憶もたくさんあるけれど、それでも美紗は「しょうがないわね」と仕事を引き受け、必ず原稿を渡してくれた、ありがたい作家だった。そしてそれが自分たちに対する優しさや情だというのも、わかっていた。だから怒鳴られても、嫌いにはなれなかったのだ。そして美紗を失って初めて、自分たちが彼女にずいぶんと甘えていたことにも気づく。

雨は降り続ける。

空が泣いていた。

葬儀が終わり、喪主である巍は、参列者に頭を下げていた。

美紗の棺が斎場に送られ、骨になる。

別れの儀式が終わり、それまで張りつめていた糸が切れたかのように、巍は意識を失って、その場に倒れた。

第六章　戦死、ふたりの男

「戦死」

山村美紗の死を報じた週刊誌の記事には、そのように書かれたものがあった。

あるいは「殉職」と。

人気絶頂の作家が、帝国ホテルのスイートルームで執筆中に死んだのは、まさに、その言葉が相応しい、壮絶な最期だった。

執筆中であった、『在原業平殺人事件』『龍野武者行列殺人事件』は、京太郎の手により完成され、共著として刊行された。生前、どちらかが亡くなったら、残されたほうが続きを書くと約束していたが、まさか自分が美紗の絶筆作品を仕上げるとは京太郎は思いもしなかった。

美紗の死の翌年、一九九七年（平成九）九月一日の毎日新聞大阪版の夕刊では、東山税務署の公示により美紗の遺産についての記事が載っている。相続は夫の巍に約三億七千万円、長女の紅葉に約二億八千万円、次女が約一億円。遺産の内訳は預金約六億円、著作権約六千七〇〇万円、土地・家屋約五千八〇〇万円とあり、その生前の凄まじい仕事ぶりと、売れっ子であることを改めて知らしめた。

二十二年の作家生活の中で、膨大な量の作品を残した。

本の売り上げは三千万部を超え、百本以上がドラマ化された。

文芸誌では、次々と「山村美紗追悼」記事が載り、交友のあった作家たちの追悼文が掲載された。

――彼女は女王だった。

日本のクリスティーと呼ばれ、トリックの女王といわれたこともあるが、実生活でも、女王のように振舞った。（中略）

彼女の存在自体が華やかで、才気に溢れていたから、京都でも超有名人で、誰もが彼女に近づいてきた。（中略）

頭の回転の速い人だったから、周囲の人がもたもたしていると、いら立って怒ることが多かった。一番の被害者は、編集者たちで、彼女に叱られなかった人間は、多分、ひとりもいなかったと思われる。それでも編集者は、皆彼女が好きだった。自分の叱られた話を、嬉しそうに話す編集者たちを見ていると、彼女のフォローがどんなに素晴らしいかが、わかってくる――

一九九六年（平成八）九月二十七日付の『週刊朝日』にて、京太郎は、「山村美紗さんはボクの女王だった」というタイトルの追悼手記を残している。

山村正夫は、「美紗さんは、あらゆることにはで好きで、パーティなどでも常に華麗な服装をしているので、目を見張らされたものだった。気性の激しい人柄だったので、いささか毀誉褒《きよほう》貶《へん》相半《あいなか》ばする一面もないではなかったが、作家としての輝かしい業績は、誰よりも山村ファンの熱烈な読者が一番認めるところだろう」と記している。

森村誠一は、「彼女は〝推理小説の鬼〟と言っていいくらい、執筆意欲が旺盛な人。執筆途中で逝ってしまうなんて、悔しくて仕方がないでしょうね……今は残念だとしか言いようがありません。

作品の質やトリックの引き出しの多さも当然評価すべきですが、存在自体が華やかで、本当に流行作家の見本のような人でした。あんな人は、もう文壇に現れないかもしれません」と書いた。

他にも、志茂田景樹、内田康夫などの他に、「ライバル」とされていた夏樹静子も「エネルギッシュな仕事ぶりにはいつも感心しておりました。お会いしたのはもう二十年近く前、エラリー・クイーンの来日歓迎パーティだったと思います、あれだけ作品を量産する人は男性にもいないくらいです。お体が丈夫な方ではないのに、すごい体力だと思いました」と、週刊誌の取材に答えている。

美紗の墓は、両親と同じく泉涌寺雲龍院に建立された。山村家の墓は木津川市の西福寺にあるが、場所が遠くて皆がお参りしにくい。巍が長年働いた東山高校は浄土宗だったので、浄土宗の総本山である知恩院でという話もあったが、美紗自身がゆかりのない場所に葬られるのは喜ばない気がした。

葬儀をした雲龍院の住職が声をかけてくれて、「美」という文字が刻まれた墓石に美紗は眠ることができた。

*

「お通夜と告別式の案内が送られてきて、驚いたんですよ。『喪主・山村巍』となっていましたから。皆どよめきましたよ、だって、とっくに離婚していると思っていたし、担当編集者でも旦那さんに会ったことは無かったんだから」

ある出版関係者は、そう話す。

「山村美紗さんのパートナーは、西村京太郎さんだと思っていました」

そう信じていたのは、出版関係者だけではなく、書店員たちもだった。

山村紅葉は美紗と京太郎の子どもだと思い込んでいる人たちもいた。

泉涌寺・雲龍院での美紗の葬儀で、親族席に座り喪主として挨拶する巍を見て、「旦那さん、いたのか……」と、皆は驚愕した。

親族席には、巍、ふたりの娘、京太郎が並んでいた。

山村美紗の夫——その隠されていた存在について「彼女の実生活は、小説以上にミステリーだ」と報じた週刊誌もあった。

逝去の翌年、八月二十一日に、美紗が亡くなった帝国ホテルにて、「山村美紗さんを偲ぶ会」が行われた。発起人は、京太郎、紅葉、真冬の三人で、大手出版社が実質的な仕切りを務めた。

偲ぶ会には、出版社の社長たちや、女優のかたせ梨乃、山城新伍、大村崑、作家の森村誠一、志茂田景樹をはじめ、二百人が美紗を偲んだ。

夫である巍の姿は、そこにはなかった。


娘の紅葉とて、母と京太郎の噂は知っていたが、母の生前は敢えて否定もしなかった。

母の死後に、インタビューで問われても、

「私は違うと思います。母、あるいは作家として考えると、訂正したい部分もあるのですが、いつも華やかだった母の人生の中で、女性としての面がいちばん華やかではなかったかもしれないので、ひとりの女性としてなら、まあいいだろうと。母は何事も華やかなことを望んでいましたから、スキャンダルも華のうちだし、ふれずにおこうかなという気持ちです」と答えている。

葬儀の弔辞では「男女の関係はないのに」と読んだ京太郎だったが、美紗の死後、ふたりの関係を様々な媒体で語り始める。

美紗が亡くなった翌年、一九九七年（平成九）六月十二日号の『週刊文春』、「阿川佐和子のこの人に会いたい」では、阿川佐和子に「恋心は？」と問われ、「好きでしたよ」と答えている。

奪ってしまう行動力は無かったけれども、諦めたのだと。

しかし、結婚はせずとも、お互い必要な存在だったのだとも発言している。自分の「浮気」を美紗が怒り、京太郎の母親に電話をかけたエピソードなども披露した。

そして阿川の「いつか山村さんのことを書きたい、というお気持ちはありますか」という問いに対して、「書きたいんだけど、お子さんの紅葉さんと真冬ちゃんがいるから、どこまで書いていいのか……」と返していた。

京太郎は、結局、京都には帰らなかった。美紗のいない京都に戻っても、意味がない。

美紗が亡くなった年の十二月に、療養していた湯河原にマンションを購入し、住み始めた。

そこで健康器具の販売をしていた十歳下の女性と知り合う。いつしか彼女は京太郎の身の回りの世話をするようになり、子どもはいるけれど独身だというその女性に京太郎は結婚してくれないかと頼んだ。

ふたりは正式に夫婦となり、京太郎は湯河原に根を張って生きることを決めた。

そのように新しい生活が始まりはしたけれど、京太郎の中で「美紗のことを書きたい」という衝動が激しく突き上げていた。

自分のファンであり、マネージャーであり、同志であり、戦友であり、そして三十年間、愛し続けた女のことを。

傷つく人間がいるのをわかっていても、突然逝ってしまった人のことを、書かずにはいられない。彼女の苦しみも幸せも――それが書けるのは、彼女を誰よりも愛しており、同志、そして戦友だった自分しかいない。

一九九八年（平成十）十二月の『婦人公論』では、「既婚者だった彼女とずっとつき合っていたのは、この状態がいちばんいいと思っていたからです。話したいときは話せるし、喧嘩をしたら会わなければいい。作家同士だから、出版社や編集者との打ち合わせも一緒にできる。面倒くさがり屋の僕には楽でした。（中略）僕は娘さんの紅葉ちゃんや真冬ちゃんとも仲良しで、ある意味では家族公認のような仲でしたが、それだけに辛いときもありました。入学式のときは家族だけで出かけてしまうでしょ。娘さんたちの結婚式のときも、僕は来賓席に座るわけです。彼女は『それが普通なのよ』という態度だったから、『おかしいなぁ男のほうが日陰の身とはどういうわけか』と思ってね（笑）。

（中略）露骨に言えば、男と女の関係があったときには、あの人の弱さには気づきませんでした。彼女も見せなかった。お互いに年を取るにしたがって、男と女の部分が薄くなって、精神的なつながりが強くなっていった。そのところは夫婦と同じですよね。でも、男と女の関係が全然なかったら、あれだけ長くは続かなかったと思いますよ。

山村さんて、強そうに見えたけど、ものすごく弱い面もありました。僕がそばにいないと変になってしまうんじゃないか、どんな無茶をするかわからないと思わせるところがあった。だんなさんもそう思っていたんじゃないかな」と、はっきりと男女の仲だったことをインタビューで答えている。

そして、このインタビューが世に出た四ヶ月後、山村美紗が亡くなって二年半後の一九九九年の四月、『週刊朝日』にて、『女流作家』の連載が始まった。


一方、妻を失った巍は、東山霊山の広い家でひとりで暮らしていた。

かつて、パーティで百人以上の人が訪れたこの家は、美紗の死後、ひっそりとしている。娘たちはふたりとも結婚して東京にいて、ここにいるのは巍ひとりだ。

美紗の死を報じた週刊誌では、「山村美紗さん、ひまわり人生」という題がついたものがあった。ひまわりは美紗の好きな花で、まさに明るく太陽のように輝く花のような存在だった妻がいない家には、寂しさが漂っていた。

妻の影を残す二階建ての家は、街中からも離れ、眠っているかのように静かだ。

妻のために教師の職も退いていたし、巍には広い家と、ありあまる時間だけが残された。

美紗の葬儀のあと、巍が倒れて救急車で運ばれたのは、それまでの張りつめた生活が一瞬で終わり、陰の存在だった自分が、「山村美紗の夫」として初めて人前に出て喪主を務め終え、心も体も悲鳴をあげたのだ。

一連の美紗亡き後の忙しさが落ち着いて、時間のできた巍は孤独に蝕まれていく。

ひとり取り残された巍は、この広い家で、虚ろになった心を抱えて暮らしていた。

周りの人たちは、巍のことを心配していた。テレビで美紗の葬儀での巍の様子を見た教え子の中には、「先生が、消えてしまいそうなぐらい儚い」と感じた者もいた。美紗の生前から来てくれていたお手伝いさんも、巍が心配だと、ときどき通ってきてくれていた。それほどにも生気を失っていた。

妻がふれたピアノ、妻が残した膨大な本、妻が愛した家の中で暮らしている――そんな巍の夢に、美紗が現れ始めた。

夜な夜な、夢の中で、「私を描いて、その絵を玄関に飾って――」と、妻は夫に語りかける。

明け方の夢で、やたらとはっきりしている。

毎日、毎日だ。

狂ってしまいそうだった。

妻は自分に何を望んでいるのか――自分の存在を、残して欲しいと願っているのだろうか。

自身の菩提寺である木津川市の西福寺の住職に相談すると、絵を描くことは心の病の治療にもなるとすすめられ、絵筆をとることを決意する。

*

二〇〇〇年（平成十二）、『週刊朝日』に連載されていた、京太郎による『女流作家』が刊行される。帯に「山村美紗に捧ぐ」とある。

装幀がピンクなのは、山村美紗がピンクが好きだったからだと、『週刊朝日』での林真理子との対談で語っている。

『女流作家』の主人公の名は江本夏子。夫は、父が教授をしている京南大学の物理学の助教授だが、夏子に相談もせず、辞表を出してスウェーデンに留学すると告げるところから、この物語は始まる。

夏子は大学時代の同窓生でライバルの多島弥生がミステリー文学の新人賞を受賞し、その受賞パーティに招待され、そこで売れっ子作家の松木淳を紹介される。夏子に興味を示した松木は、京都に行くからと夏子と約束をする。

松木から小説を書きミステリー新人賞の応募するようにすすめられた夏子は、受賞者たちの本を読み、矢木俊太郎を知る。矢木の本を読んだ夏子はファンレターを書いて送る。矢木にとって、初めてのファンレターだった。

夏子が書いた小説は、ミステリー文学新人賞の二次予選を通過。しかし松木に推されていたはずなのに、受賞を逃す。悔し涙を流すが、本の出版が決まり刊行され、また松木の推薦で新人ながら週刊誌の連載も決まる。

そんなときに、ファンレターを送った矢木が、いきなり京都に訪れ、会うことになり、また京都に住むと言い出す。

夏子の本は売れ出し、何十万部という字が新聞広告に踊る。

それでも不安と葛藤を抱えていた夏子は、矢木と沖縄に行き、結ばれた。

ふたりの仲を知った松木は矢木の本の出版に反対する。

夏子は売れっ子作家となるが、低俗だ、文学性が無いなどと批判も受ける。そうして夏子は「文学賞をとっていない」コンプレックスに苦しみ、自信の無さを矢木に吐露する。

そして「批判されてもいい、日本一有名な作家になってやる」と決意した。

夫との仲は修復不可能だが、父を悲しませるからと夏子は離婚ができなかった。しかし父が急死し、夏子は離婚届にサインをする――以上が、『女流作家』のストーリーだ。

『女流作家』が刊行され、京太郎は様々な媒体に登場し、美紗との関係を語る。

『週刊朝日』の二〇〇〇年四月二十一日「マリコのここまで聞いていいのかな」、林真理子との対談で、「作家に対してどこまでが本当ですか、と聞くぐらい野暮な質問はないですけど、このご本、かなり真実に近いんですか」と問われ「あくまで小説です」とは答えている。

しかし、二〇一二年（平成二四）五月十九日の産経新聞大阪版のインタビューでは、「作家の山村美紗さんとの長年の交流を描いた小説『女流作家』『華の棺』に書かれていることは？」という問いに対し、「だいたい本当の話です」とも答えている。

どこまでが真実で、どこまでが嘘なのか。

「あくまで小説」とは、どう解釈すべきなのか。

続編『華の棺』は、二〇〇六年（平成一八）に刊行された。

タイトルは、美紗の代表作である『花の棺』からであると言っていいだろう。

ちょうど同じ年の一月には、日本テレビで「ミステリーの女王『山村美紗物語』」というドラマが放映されている。美紗自身の写真等を使い、京太郎、紅葉をはじめとした関係者のインタビューと、ドラマとが交互に映し出される構成だ。山村美紗役は、浅野ゆう子、西村京太郎役は内藤剛が演じている。

このドラマの中では、人妻である美紗に京太郎が恋心を抱き、惹かれ合うけれど一線は超えられない関係としてふたりのことが描かれている。

美紗は人妻とされていながら、ドラマの中には、「山村美紗の夫」は、一切登場しない。

『女流作家』では、矢木俊太郎と江本夏子の恋愛が描かれるが、同時に、江本夏子に惚れて恋心を抱く男性が、複数登場する。

中でも、江本夏子が作家になる際に尽力した、大物ミステリー作家「松木淳」は、パーティで会った夏子をひと目で気に入り、「君は美人だ。何よりも華やかさがある。そんな君に、ぜひ、作家になってもらいたい」と、熱く彼女に小説を書くように説得する。

祇園の茶屋で待ち合わせを決めたときは、「あなたの和服姿が見たい」とリクエストし、「その代わりに、あなたが、作家になりたいのなら、僕がサポートしてあげますよ」と夏子に言う。自分は「ミステリー文学新人賞の審査員だから、最終予選に残ってくるだけの原稿なら、あなたに一票入れてあげられる」のだと。

しかし夏子は、実力で作家になりたかった。松木に「先生がいいと思ったときは推薦して下さい。でも先生が駄目だと思ったら、推薦しないでください」と口にする。男の力を借りて受賞したと思われたくはない。

けれど夏子の作品は受賞を逃す。どうしても作家になりたかった夏子は深く傷つき、言い訳を並べる松木を恨みもするが、そんなときに出版社から電話があり、本になることを告げられた。松木が推薦すると聞いて、夏子の口からは「罪滅ぼし」という言葉がふと出てしまう。

初めての本には、当然だが「ミステリー文学新人賞受賞作」の文字がなく、あまり祝福されず生まれてきた子どものような気がしてしまった。

ここまで読むと、この「松木淳」のモデルははっきりしている。

松本清張だ。

江本夏子が小説家になる前から彼女に好意を持ち、デビューの際に推薦した「大物ミステリ一作家」が、清張をモデルとしていることは疑いようがなく、京太郎自身も雑誌の対談などで、否定はしておらず、美紗と清張のエピソードを語っている。

松本清張と山村美紗の関係については、一九九二年（平成四）十月の『噂の眞相』が、「デビューの際に、松本清張が選考委員でもあったことから何かとふたりの関係が取りざたされたのである。山村自身も松本清張との交友は隠さず、つい最近の追悼文の中でも「先生は『僕は弟子などとらない主義だけど、君は唯一の弟子だ』」と言われたことを正直に書いているほどだ」と記事にしている。

美紗自身も、『小説新潮』に掲載された松本清張への追悼文で、「先生には、そういう風にとてもよくして頂きましたが、私が、なんとか作家としてやっていけるようになってからは、お会いしてません。

私が編集者か男の作家だったらよかったのですけど、女性だったため、噂にのぼるようになったので、先生のためによくないと、遠ざかったのです」と、男女の関係が取りざたされてしまったことを書いている。

二〇〇六年（平成十八）の十一月に刊行された『華の棺』は、『女流作家』の続編ではあるが、

『女流作家』に登場した、大物ミステリー作家「松木淳」が「蔵田淳」と名前が変わっている。これは松本清張への配慮だろうか。

『華の棺』では離婚して石垣島にいた夏子の前に、ミステリー界の大御所・志賀芳彦が現れる。蔵田淳とミステリー界の双璧ともいわれている作家だ。

京都に帰った夏子のもとを志賀が訪れ好意を寄せ、ふたりが接近するのに蔵田は嫉妬する。志賀が夏子を取材に同行させ、古代史をテーマにした連載を始めると、蔵田との論争が起こる。

夏子は編集者から、菊川賞をとるために夏子の叔父の俳優、永井健太郎についての伝奇小説を書かないかと打診される。全力で賞をとらせるからと。

志賀と蔵田は論争を続けるが、そんな中、志賀の妻が夏子と夫の関係を疑い、自殺するという事件が起こった。

『華の棺』では、古代史を巡る「蔵田淳」と「志賀芳彦」の激しい論争に多くページを割かれている。「松木淳」こと「蔵田淳」のモデルである松本清張は、実際に古代史論争を繰り広げていた相手がいた。

作家の高木彬光だ。

ただ、この論争そのものは一九七四年（昭和四九）、山村美紗がデビューした際から始まっている。『華の棺』では、ヒロイン夏子を挟んでの論争のように描かれているが、時期的に考えても、実際は関係ないはずだ。

高木彬光については、美紗は『月刊小説』一九七九年（昭和五四）の十月号に、

――高木彬光先生とは、『花の棺』が出たあと、光文社の編集者から電話がかかってきて、先生が旅行の途中、京都を通られるので、『花の棺』の感想を一言いいたいとおっしゃってますといわれお会いした。

ロイヤルホテルのロビーへ行くと、先生が、面白くもなさそうな顔で座っておられ、私が、『刺青殺人事件』読みました」とか、『成吉思汗の秘密』おもしろかったです」といっても、「そうですか」といわれるばかりで、とりつくしまもなかった。『花の棺』の話も出ない。しまいには腹が立ってきて、「人を呼び出しておいて何ですか？ 私は編集者じゃないんです。いくら大作家だって、失礼じゃありませんか？」といって帰ろうとしたとたんに、にっこりされ、「私を怒鳴った人は初めてだ。気にいった」といって、それからは、こちらが口をはさむすきもないほどよく喋られ、食事をご馳走になった。

それ以後、先生とはお付き合いしているが、先生は、頭がよくて、学識がゆたかで、どんなことでも知っておられ、私の教養の欠けたところを補充してくださる方だ――

と、好意を寄せられたことと交遊について書いている。

『女流作家』『華の棺』では、このふたりの作家以外にも、登場する男たちが次々と江本夏子に恋をし、矢木俊太郎はそれを寛大に見守っている。

まるで山村美紗の小説のようだ。

美しく華やかなヒロインに、次々と男たちが恋をする。

山村美紗サスペンスのヒロインは、山村美紗自身だった――『女流作家』『華の棺』を読んで、そう思った。

ここまで多くの男を惹きつける美紗の魅力はなんだろうか。

二〇〇六年（平成一八）十二月十二日『週刊朝日』「マリコのゲストコレクション」では、『華の棺』を読んだ林真理子が、五十歳を過ぎた美紗が、大物作家ふたりを虜にするのはすごいと話し、京太郎は、「自分でも言ってましたよ。『私はジジイ殺しだ』って（笑）。山村さんはふつうは標準語でしゃべってるんだけど、清張さんとか高木さんと会うときは、京都弁を使うんです。それが、ふつうの人が使う京都弁と全然違うから。みんなホワ～ッとなっちゃう。変に色っぽいんだよね」と答えて、松本清張や高木彬光の美紗への好意についても言及している。

夫である巍に美紗の魅力について聞くと、「やせていて、声も小さい。実態がなさそうなんです。フェアリー的な存在でした。佇まい、しぐさも、他の女性とは違う。かよわい感じで、男性の征服欲を刺激する。男の人には好かれますね。僕は話をしていて、真面目でいじらしく思えました」との答えが返ってきた。

紅葉は『女流作家』への戸惑いを、『月刊テーミス』のインタビューで吐露している。

京太郎とは親しくしているし、ずいぶんと可愛がってもらった。芸能界では、京太郎が自分の父親だと信じている人も少なくなかったくらいだ。

「お母さんのことを書くよ」と言われたときも、反対などしなかった。けれど、発売された『女流作家』を読んで、まさか、と驚いた。

本の宣伝で、京太郎が様々なメディアに登場し、母との「恋愛」関係が三十年にわたっていたと話している。

ふたりは親しいけれど、そういった関係ではないと信じていたし、自身も問われる度に、否定していた。陰の存在だったとはいえ、父もいる。

京太郎自身も、「いろんな噂が出てるのは知っていますよ。まあ、隣に住んでいますし一緒に食事に行ったりしているし、こっちはひとりだから、噂が出ても仕方ないですよ。でも、そういうことはなんにも無かった」と、母の死後、メディアに答えていたではないか。

この本が事実であるとは考えたくない。そして、もし事実なら、ふたりだけの話にしておいて欲しかった。

けれど、母はこんなにも深く愛されていて、だからこそ京太郎が書かずにいられなかったというのもわかる。自分にとっては母だから、「女」の部分は、見たくもなかったし考えたくもなかったけれど、存在していたのは確かだ。

それでも、妹や父、親戚たちのことを考え、こうして母の「女」であった生々しい話を書かれてしまうのは、怖かった。もちろん、身近な人たちで非難している人もいる。

京太郎と親しいからこそ、葛藤があった。

作家人生をかけて、母を愛し抜いてくれたのはわかるし、もしそうなら母は幸せだったのだろうとも思うけれど――。


巍の周りの人間は、巍を気遣ってか、『女流作家』についてはふれない。

けれど、いくら耳を塞ぎ目を閉じても、何が起こっているかは、わかってしまう。

反論したいことは、もちろんあった。けれど、「あくまで小説」と言われてしまえば、それ以上何も言えない。それに何より、自分はずっとふたりの間で、美紗のためだと思って存在を消して生きてきたのだ。

大手出版社の週刊誌などでは、『女流作家』が批判されたり非難の記事が出たりすることがないのは承知していた。日本でトップクラスの本の売り上げを出す作家の書いたものを否定することなど、出版社ができるわけがない。

自分の味方など、誰もいないのだ――莫大な売り上げにより巨大な力を持った「作家」の前に、あまりにも巍は無力だった。

京太郎自身が自覚せずとも、その存在は権力であり、圧力である。そもそも、生前の美紗が、誰よりもそのことをよくわかっていて、利用もしていたのだから。

『女流作家』を読んだ人たちは、その内容を信じるだろう。不仲な夫婦で、妻は他の男と愛し合っていたのだと。主人公の名前は違うけれど、本の帯に「山村美紗に捧ぐ」と書いてあるのだから、誰だって、美紗の話だと思うのは間違いない。

広い邸宅の中で、巍は自分がますます孤独になっていくのがわかった。美紗のためだと隠れて生きてきた。我慢しなければいけないことも、不安もあったけれど、すべて妻のためと、呑み込んできた。

そして妻が亡くなり――ただ鬱々と暮らしている日々の夢に美紗が現れるようになった。

「私の絵を描いて」

妻がそう懇願するのは、自分の存在を残したいからなのか。

巍にできることは、夢の中に現れる妻の望み通りに、絵を描くことだけだった。

巍は、一九九八年(平成一〇)、洋画家・岡崎庸子氏に師事し、デッサン・油絵を習ったあと、二〇〇二年(平成一四)に、京都新聞文化センターにて人物クロッキーを東郷健氏より学び始める。

ある日、そこでモデルとして登場した女性を見て、巍は息を呑む。

美紗――いや、もちろん、別人だ。妻よりもずっと若い。

けれど、似ている。

ウエーブのかかった柔らかい髪の毛、細面の顔の美女――。

もともと、絵を学び始めたのは、美紗の肖像画を描くためだ。美紗に似ているモデルは、巍にとってこれ以上ないありがたい存在だった。巍は、モデルに個人的に仕事を依頼する。その女性の名は、祥という。若い頃より美術モデルを勤め、のちに自身が「ＳＹＯモデルクラブ」という美術モデル派遣事務所を開業し代表となる。

祥は巍の申し入れを承諾し、山村邸に行き、絵のモデルとなった。

京都に生まれ育った祥は、もちろん山村美紗の名前は知っていたが、まさかこういう形で邸宅に足を踏み入れることになるとは思ってもいなかった。

かつて百人ほどがパーティで集まり、美紗と京太郎を囲んだ家で、祥は巍のモデルを務める傍ら、様々な話をした。

山村美紗という女性のことが、巍の口から語られる。

この人は、妻のことを本当に愛しているのだ——祥はそう思ったが、「山村美紗の夫」という存在がこんなにも知られていないのにも疑問に思った。ふと、『女流作家』を手にとって読んで、驚愕した。そこには「夫とは不仲」な作家が、他の男と関係し、離婚を考えているように書いてある。

このような本が売れっ子作家の手で世に出て、「夫」はどう思っているのだろう——そう考えると、胸が痛む。

巍は、祥をモデルに、ひたすら美紗の肖像画を描き続けた。完成しているのは数十枚だが、していないのは数えきれないほどというぐらい、描いた。

そうして仕事として会ってはいたけれど、巍の突然のプロポーズに祥は驚いた。

何しろ、年齢差が三十九歳だ。巍の娘の紅葉よりも、祥は年下だ。

巍とは、今まであくまで画家とモデルの関係で、それを超えたことはない。

けれど——祥は考えた。

巍さんは、いい人だ。

それに結婚を申し込まれて、祥の中に義務感のようなものが芽生えてきた。

三十九歳という年齢差、亡き有名作家の夫——きっと、口さがないことを言う人もいるだろう。けれどそもそも自分は仕事も家も持ち、自立しているのだから、堂々としていればいい。

山村巍の妻として生きていく——それは、これからの自分の人生でやるべきことにも思えた。

会ったことはないけれど、祥は、「山村美紗」とは、何か縁があるような気がしてならなかった。何より美紗の若い頃の写真は驚くほど自分と似ている。

祥は巍のプロポーズを受諾する。

二〇〇八年(平成二〇)、ふたりは結婚し、翌年に北野天満宮で挙式をする。巍は八十歳の再婚だった。

その少し前、二〇〇六年(平成一八)、巍は、京都東急ホテル・KAZAHANAにて油彩画展を開く。作品は、妻・山村美紗の肖像画が中心となった。日本テレビで浅野ゆう子主演の「ミステリーの女王『山村美紗物語』」が放映され、京太郎が『女流作家』の続編である『華の棺』を刊行した年だった。

湯河原で、美紗が亡くなった年に知り合った十歳下の女性と結婚した京太郎は、二〇〇一年（平成一三）、自宅のそばに「西村京太郎記念館」を作り、同年、湯河原町第一号となる名誉市民となった。

東山霊山の家は改築されアパートとなり、のちに売りに出された。

京太郎は湯河原に家を建て、妻の助けを借りて執筆を続けている。病気になっても、七十、八十歳を超えても、その筆が衰えることはなかった。取材をし、トラベル・ミステリーを書き続けている。

二〇一〇年（平成二二）、京都駅伊勢丹の美術館「ＫＹＯＴＯえき」、東映太秦映画村にて、山村紅葉プロデュース「ミステリーの女王・山村美紗の世界」展が開催される。

二〇一二年（平成二四）には、近鉄百貨店上本町店にて、巍と祥による、「〜山村美紗とともに〜山村巍と祥」ふたり展が開催された。

美術に造詣が深く、モデルであり、自身も画家である祥と一緒になった巍は、精力的に絵を描き発表していった。

＊

二〇一六年（平成二八）、京都新聞のインタビューにて、巍は初めて美紗と京太郎の関係に言及する。

長年に渡り、沈黙し続けていた巍が、口を開いたのは、『女流作家』刊行より十六年後だ。

巍ははっきりとふたりの関係を否定した。

――『地下通路はなかった』。夫は疑惑を否定した。

『ミステリーの女王』と呼ばれた山村美紗さんと、同じ推理作家の西村京太郎さんは一九八六年ごろ、清水寺に近い京都市東山区清閑寺霊山町の隣り合った邸宅で執筆にあたるようになった。当時、美紗さんには夫の巍さんら家族がいるだけに、ミステリー界の大御所ふたりの接近はさまざまな憶測を呼んだ。地下通路でつながっているという噂も広まり、〝都市伝説〟として伝わってきた。巍さんは京都新聞社の取材に対し、美紗さんと西村さんはあくまで仕事上で支え合う『戦友』だったと強調した――

巍は京都新聞の取材に、「地下通路はなかった」と答えた。

「ふたりのやり取りはほとんど電話でした。一時間ぐらい話すこともあり、こちらが会って話せばよいのにと思うぐらいでした。他の作家たちの動向や次に書く構想などを互いにチェックし合っていたみたいです。私は西村さんとの交際で作家としての美紗にプラスが多いとみていたので、邪魔するようなことはしないようにしていました」

とはいえ、世間は想像を膨らませる。週刊誌などで巍さんと美紗さんの別居説や離婚説も出たという。

「美紗は常に四つぐらいの連載を抱え、一日二十時間ぐらい執筆に充てていた。執筆はこの邸宅で行い、私は日中は同じ家にいて夜になると近くのマンションに帰っていた。美紗も執筆を終えて明け方になると寝るためのマンションに戻る生活が続いていたので、見方によっては別居状態とも言えたんですね。でも離婚はまったくありません」

しかし、巍さんは、これまで表立って否定しなかった。「女流作家で長者番付一位の状態を続けさせたいという思いがあった」と振り返った。「ゴシップがあると本の発行部数が増える、美紗と『有名税だね』『逆に宣伝になる』と言い合っていました」と明かした。

誤解を招きかねない隣同士の邸宅を執筆の場にしたことも、美紗さんと西村さんが一流作家にのし上がるために共闘していく上での選択だったという。

「おそらくふたりとも単独では作家としては今の100分の1も認められなかったのではないでしょうか。出会った時は共に無名だった。西村さんは『実力さえあれば売れる』という考え方だったが、美紗は『この世界、宣伝よ』と考えていて、西村さんも徐々にそのことを知っていく。早い段階で結託しこの邸宅を東京の編集者を歓迎する迎賓館として使い、一緒に活躍の場を広げていった――

二〇十六年一月七日　京都新聞

巍はずっと自分の想いを秘めてきた。娘たちのこともあるし、何より自分は陰の存在になると決めたからと、今までは沈黙してきた。

けれど、美紗が死んで、二十年が経った。

もう、自分も口を開いていいのではないか――そう思って、取材に答えたのだ。

「地下通路」については、美紗自身が「遊び心のある家」というエッセイで「地下室と、地下の抜け穴もつくる予定だったが、庭に百坪ほどの鯉の泳いでいる池があって、そこからの水の処理がうまくいかず、工期の都合で、中止にしたのが残念である。いずれ、転居してから、ゆっくりそれは完成させたいと思っている」と書いている。

結局、水の流れを止めるのは大工事になってしまうとのことで、地下室は作られていない。

巍のインタビューが掲載されたのは全国紙ではなく地方紙である「京都新聞」だったので、巍がふたりの関係を否定した「ニュース」が、どれだけの人に読まれていたのかは、わからない。

未だに、美紗は夫と離婚して、京太郎と夫婦であった、紅葉の父親は京太郎だと信じている人たちも少なくない。

ところが、巍の告白が京都新聞に掲載された二年後、二〇一八年（平成三〇）、WEBサイト「MOC」のインタビューで、京太郎はこう語っている。

「『噂の真相』っていう雑誌に随分やられました。僕が山村さんと付き合ってるっていう根も葉もないゴシップでね。それがマンガみたいな挿絵で、どう見ても僕と山村さんなんだけど、名前を書いていないんだよね。（中略）あれは訴えると訴えたことを記事にされちゃうから。取材もほとんどしていなかったんじゃないかな」

根も葉もないゴシップ――京太郎は、今まで自らが語り書いてきたはずの、ふたりの関係を、否定している。

そこに至るまで、何があったのか。

京太郎は、京都新聞のふたりの関係を「無い」と言い切った巍のインタビューを読んだのか、もしかしたらどこからか耳にしたのではないか。

今まで沈黙を続けてきた美紗の夫が口を開くことにより、思うことがあったのではないか、とも考えた。しかし、それは全く、私の想像に過ぎない。

あるいは結婚し、湯河原に根を張り生きていくにあたり、「京都」のことを完全に過去のことにしようとしたのか。

もう、彼の中で、完全に終わらせることができたのだろうか。

出会いから四十年以上、亡くなってからも慕い続けた人のことを。


私は、巍に、「今も、美紗さんの肖像画は描かれているんですか」と、聞いた。

「描いていません……描かなくなりましたね」

どこか安心したかのように、巍はそう答えた。

現在、巍は妻の祥と共に、猫の絵を中心に描いている。

いたずらげな表情を浮かべる猫たちの絵からは、穏やかに暮らす巍の心のうちが現れているように見える。

第七章　京都に女王と呼ばれた作家がいた

京都は四方を山に囲まれている。

古都の景観を守るために、建物の高さの規制があり、どこにいても山並みを眺めることができる。中でも、標高八四八メートルの比叡山は、京都という街を守っているかのごとくそびえている。

京都を囲む山並みを見ると落ち着くのは、千年のいにしえから今に至るまで、そこだけは変わらないものだからだ。

もともと山城の国と呼ばれていた地に、第五十代の桓武天皇が都を築いた。それが平安京であり、桓武天皇は岡崎の平安神宮に祀られ、伏見桃山の地に眠っている。

奈良の平城京から平安京が築かれるまでには、様々な反対や抵抗があり、多くの人の血が流れた。その者たちの呪詛から守るようにと、四神——北の玄武、南の朱雀、西の白虎、東の青龍が鎮座している。そして鬼門である北東の比叡山には、伝教大師最澄が延暦寺を建立した。

比叡山から稲荷山まで連なる東山三十六峰は、そのなだらかな稜線が、古来より歌われた。服部嵐雪は、「布団着て寝たる姿は東山」と詠んだ。

月はおぼろに東山霞む夜毎のかがり火に――で、知られる『祇園小唄』も知られている。

鴨川にかかる四条大橋から、東山三十六峰を眺めると、「ああ、ここは京都だ」と、落ち着く。この京都という街は、千年の時を超えて、変わらず人を迎えてくれているのだと。

その東山三十六峰の霊山に、今でも山村美紗の暮らしていた家がある。

令和二年の冬、京阪電車の東福寺駅で待ち合わせして、歩いて泉涌寺に向かった。同行しているのは、この本の版元の社長と編集者だ。

「この駅に降りたのは初めてだ」と、社長は言った。

東福寺駅は、ＪＲ線と京阪線が乗り入れしているが、駅を降りてもコンビニとちらほらと飲食店があるぐらいで、決して賑やかなところではない。そこから少し登坂になった道を歩き、東大路に突き当たる。

「泉涌寺道」と道しるべがあり、そこをまた東へ向かって歩いていく。

社長は京都の大学を出ているが、泉涌寺に来るのも初めてだと言った。確かに、泉涌寺は観光客が多く詰めかけてくるような場所でもないし、私も仕事で来たのは一度だけだ。

私が通っていた京都女子大学のすぐ近くではあるのだが、「泉涌寺に行った」という話は学生時代も聞いた覚えがない。

泉涌寺道を歩いていると、泉涌寺の総門が見え、そこをくぐると左手にお寺が見える。泉涌寺の塔頭・即成院だ。源平合戦に登場する那須与一の墓があることで知られている。

もう少し歩くと戒光院、十メートルある座像「丈六釈迦如来」がある。

「広いお寺なんですね」

と、社長と編集者が感心したようにつぶやいた。

東大路からでも坂道を結構歩く。山村美紗の葬式は雨の日だったらしいが、参列者たちも大変だっただろう。数百人がこの沿道で、雨に濡れながら美紗を送ったのだ。

右手に駐車場、左手に大門が見えた。この大門の奥に楊貴妃観音や、皇族を祀る霊明殿があるが、あとで拝観することにして、そのまま道をまっすぐ行くと、小さな門があった。

ここが雲龍院だ。

令和二年、「京の冬の旅」特別拝観として、八年ぶりにこの雲龍院が公開され、普段は人気がない寺だが、絶えず観光客が訪れていた。

お寺の参拝はあとまわしにして、私たちはまず墓地へ進む。私も、以前一度来たことがあるだけなので、道は正しいのかと内心迷いながら歩く。途中、石の階段をのぼり、覚えのある光景が現れ、「ここです」と、口にした。

「美」と書かれている墓石があった。

山村美紗の墓だ。

花も供えられている。

線香に火をつけ、三人で手を合わせた。

美紗の墓は、数年前に、京都新聞社の方たちの手引きで訪れ、山村夫妻と最初に会って、それ以来だ。

美紗の墓のそばには、美紗の両親が眠る墓もあった。

美紗が亡くなって、今年で二十四年目になる。

お参りを終え、雲龍院の本堂、龍華殿や、霊明殿を「京の冬の旅」の案内人の説明を聞きながら巡る。

雲龍院の本尊は、藤原時代の作とされている薬師如来三尊像で、西国薬師霊場四十番目の札所でもある。

蓮華の間、悟りの窓、忠臣蔵の大石内蔵助が描いたとされる「龍淵」の額、そして庭園を眺めた。入口でもらった雲龍院の案内図の中には「山村美紗さんのお墓」も、記してあった。

美紗が眠る寺に来て、もう「山村美紗を書く」ことは後戻りできないと、思った。

ふと気づく。

泉涌寺の山号は、月輪山。そこに眠る歴代の天皇たちの墓は、月輪陵。

この月輪山も、比叡山から美紗が住んでいた霊山も連なる、東山三十六峰のうちのひとつだ。

山村美紗について書き残しておきたい――そうは思ったものの、実際に手をつけるまでには数年間を要した。

編集者と会うと、山村美紗の話を必ずしていた時期もあった。みんな面白がって聞いてはくれるけれど、いざ出版の話になると、必ず言われた。

「うちではダメですね。美紗さんのことを書くとなると、京太郎さんにふれずにはいられないでしょ?」

西村京太郎――現在でも多くの出版社から本を刊行し続け、その作品はドラマ化される人気作家だ。本の売り上げ、刊行点数においても、日本を代表する作家と言っていい。しかも、現役で、仕事量も衰えない。

かつて山村美紗と西村京太郎のスキャンダルを、『噂の眞相』でしか取り上げなかったのと同じく、二十年以上経った現在でもそれはタブーなのだ。

「花房さんがどうしても書きたいなら……でも、関係者が生きているうちは無理でしょう」とも言われた。具体的に本を書くとも言わず、美紗に近かった編集者から話を聞こうとしても断られた。美紗への興味は尽きない、書き残しておきたい――何年もそう思っていたけれど、「タブー」の前に、私は諦めるしかなかった。

私自身が、出版社から小説の本を刊行する作家であるからこそ、難しいのもわかっていた。

売れっ子でもなく人気もない、吹けば飛ぶような立場のいち作家である私が、大物ベストセラー作家の「タブー」にふれて、仕事を失ってしまうのは、何より不安だった。

作家になり十年近く、ほそぼそと築いてきたものを、無くすかもしれないと考えると、恐ろしかった。大袈裟だと言われるだろうが、出版界への貢献も少ない作家にとっては、大ごとだ。

私は、小説家として生きていくために、諦めなければならない。

確かに依頼されたものを書いて、フィクションの世界で波風など立てず、出版の世界の片隅で「小説家」としてやっていくほうがいいのだろう。

心の中に「書きたい」という気持ちと葛藤を抱えながら過ごしていた。


それが一転したのは、二〇一九年だ。

前年、二〇一八年の十一月末、作家である友人が五十代の若さで酒で死んだ。

作家——という言葉を使いたいけれど、そこに躊躇いがあるのは、彼自身が小説家で身を立てようとし、小説を書きたい、書きたいと強く願い続けながらも、小説を書くことを怖がり、過去に何冊か小説を出したきりで、大量のプロットを残して死んでしまったからだ。

小説に殺された、と思った。

彼は少年時代から小説家を志し、純文学の道に進み、芥川賞をとりたかった。純文学の文芸誌に載った渾身の一作は、賞の候補にもならず、彼はそのことにひどく傷ついた。

新人賞以外の賞など、候補になったこともなく、文壇と縁も無い私からすれば、一作ぐらいでと思ってしまうのだが、それだけ彼は小説、そして芥川賞という賞に焦がれていた。傷は一生消えず、それどころか彼の心をずっと苛み、彼は小説が書けなくなった。美しい文章を書く彼は、あまりにも繊細過ぎた。

亡くなった彼の部屋に残された、小説にならなかった大量のプロット――その存在を知ったとき、恐怖を感じた。どれだけ無念だったのだろうと考えると、苦しくてたまらなかった。私自身も、彼が誰よりも書きたい、書きたいと願っていたのを知っていて、才能のある彼ならいつか書いてくれるだろうと信じていたのに、それは果たせなかった。

無念としか言いようのない、死だった。

ちょうど、私自身も悩んでいた頃だった。

二〇一〇年(平成二二)に第一回団鬼六賞を受賞し、翌年本を刊行し、もうすぐ作家になって十年という節目を迎えようとしていた。小説家になって、仕事が殺到していた時期もあるが、今は暇にはならないにせよ、落ち着いている。

本の企画を持ってこられ話をして、そのまま連絡なく立ち消えになることが、多くなった。自分は決して「売れている作家」ではないのを思い知ることが増えた。食えていけるほどの仕事はあるが、これもいつまで続くのだろうかという不安は常にある。

何より、「本が売れない」という現実を、本を出す度につきつけられる。出せば出すほどに、

「売れない」世界で生き残っていく術も見えず、気持ちが鬱々とする。

もう紙の本は売れないし、出版社も頼りにならないから、これからは電子で自分で本を出す時代でしょ——そう言ってくる人たちも周りにいる。

実際に、出版社を通さず、自分で電子書籍で本を出す方向に切り替えている作家も、少なくない。

紙の本は終わりだ。

確かにそうかもしれない。けれど、私は自分が紙の本を糧にして生きてきたので、装幀を含め、編集者、営業など、多くの人たちとの共同作業である「本」、そしてそれが書店に並び、書店員の手で売られていくという世界が好きで、執着があった。

小説を書き、編集者との間で試行錯誤し、校閲校正とのやり取り、デザイナー、装画家により彩られ印刷して形になり、出版社の営業の手や取次を経て本が書店に並ぶ。そこから、書店員により、読者の手に渡る。

本を出す度に、私ひとりの手によるものではないことを実感する。出版社、書店があってこそ、本は多くに読まれる。

子どもの頃から、書店は本が好きな人間にとって、様々な世界と出会える、夢の場所だった。

けれどもう、それは古い考えなのだと言う人もいる。自分だけで作り、自分だけで売れるのだから、出版社も書店もいらない、あなたも自分で電子書籍で売ればいいのにと、すすめてくる人は絶えない。

紙の本は終わりなのか、出版社も書店も終わりなのか。

山村美紗のことを調べてゆくと、編集者との、広告の名前の大きさを巡るやり取りや、編集者たちを招いてのパーティ、怒りながらも気遣いをみせ、編集者に応えるために依頼を断らず書き続ける――編集者との濃密な関係が見えた。

今は当時と違い、メールがあるため、編集者と頻繁に会うこともなく、短編やエッセイの仕事なら、編集者と一度も顔を合わさずということもあるし、それについて不満もなく、酒の席を共にするより合理的だとも思う。

けれど、その関係が希薄になり、ついには「出版社はいらない」と作家が言い出すのは、ものすごく抵抗があった。

今の時代の流れの中で、逆らえないことなのかもしれないけれど、それでも受け入れがたい。「古い」と言われようとも、やはり本を作るのは共同作業で、紙の本で書店に並ぶことが一番の喜びだった。

しかし、売れないなら、もう依頼も無くなり、本も出せなくなるのが現実だ。

私自身が紙の本を出版社から出すことに執着しても、売れずに相手にされなくなったら、それで終わりだ。

小説家になり十年目を迎えようとしている今、私にはそんな未来が見えていた。

いや、そんな未来しか、見えなかった。

私はこのままで、いいのだろうか。


そうやって葛藤する中、友人の死で、私は「このまま死ぬのは嫌だ」と、恐怖にかられた。人はいつ死ぬかわからない。ある日、突然死ぬかもしれない。

書きたいものを書けず死んでしまいたくない。

依頼されたものを書き、いつかはその依頼も無くなって、年を取り書く体力も気力も失われたとき、私は激しく後悔する――それが怖かった。

芥川賞に焦がれて、傷を負ったまま小説を書けず死んだ友人と、ベストセラー作家であり、名実共に「女王」であったのに、賞が無い劣等感を抱き続けていた美紗とが重なった。

私自身も、官能小説でデビューしたが故に、何冊本を出しても、どんなジャンルを書いても、読む前から内容を判断され、侮蔑や嘲笑を隠さない人たちとずっと対峙していた。汚物を見るような視線を投げかける人も、露骨に性的なことしか言ってこない人もいる。

たとえば私が、純文学や、名のある賞をとっていれば、そんな態度は示されないだろうとは、何度も思った。

私と山村美紗とでは、本の売り上げ、知名度、華やかさ、何もかも違いすぎる。けれど、美紗について調べて、何よりも印象に残ったのは、彼女の「自信の無さ」だった。あんな有名な作家が、自分と同じ苦しみを抱えていたのかと思うと、胸が痛んだ。

実のところ、それは多くの作家が抱いているものであるのかもしれない。

そして、また知れば知るほどに、彼女の「女」としての魅力も気になった。複数の男たちの心を捕らえ、亡くなったあとも執着させる山村美紗とは、どんな女性だったのか。

山村美紗を書きたい――改めて、強くそう思った。

けれど、小説を多く刊行している出版社では出せないのは、よくわかっていた。編集者に相談しても、止められるかもしれない。

ならば――と、私は亡くなった友人を通じて知り合った、大阪府吹田市の西日本出版社の内山正之社長に話をした。山村美紗を書きたい、と。

「面白そうですね。やりましょう」と、すぐに返事をもらい、編集に松田きこさんも加わってくれ、三人で話をした。

山村美紗の夫である巍氏にもお願いし、話を聞くことにした。

そうして取材を始めたのだが、やはりここにも大きく「タブー」が立ちふさがる。直接、あるいは人を通じて、山村美紗と関係の深い複数の出版関係者に取材を申し込んだのだが、ことごとく断られた。理由はすべて同じで、西村京太郎氏のことだ。京太郎自身がどう思うか以前の忖度だが、それは当然のことだろう。

『女流作家』『華の棺』と、自身が、美紗のことを書いているではないかと思ったのだが、だからこそ、話せないとも言われた。ふれてはいけないのだと。

現役で活躍するベストセラー作家への配慮は、仕方がないし、十分に承知はしていた。そしてもう二十年以上が経ち、山村美紗の関係者は、出版社を退職したり、亡くなっている人も少なくない。

西村京太郎は、旺盛な執筆を続ける作家で、私も尊敬している。貶めたり嘘を書く気もない。けれど、美紗のことにふれるのは、なんであっても許されないことらしい。

書き始めてから、後悔したことや恐れで眠れなくなったことは何度もあった。この本を書くことにより、私が仕事を失うかもしれない、もう小説の世界で生きてはいけなくなるかもしれないという恐れはずっとあったし、今でも消えない。怒る人は、間違いなくいるだろう。忖度により、出版社から縁を切られる可能性も無いとはいえない。

でも、これを書かないと、私は悔やむ。それは間違いなかったし、前に進めない。

仕事を失う恐怖よりも、書かずに死ぬ恐怖が先に来て、筆を進めた。

令和の時代に入ってから、初めての冬。

私は新幹線に乗り熱海で乗り換え、湯河原駅で降りた。

湯河原は二度目だった。一ヶ月前に訪れた際は、空振りだったので、そのまま帰った。

今日は、どうだろうか。

それは到着するまで、わからない。

湯河原駅からバスに乗り、そう時間はかからず、「小学校前」というバス停で降りる。前回来たので、ここからの行き方は承知している。

天気が良いのが、幸いだった。

底冷えで身体の芯から冷える京都より、過ごしやすい気温だ。

「西村京太郎記念館」と掲げられた二階建ての建物に入る。玄関には、死体の跡があり、血痕が転々と階段まで落ちている。もちろん、本物ではない。ミステリー作家の記念館らしい遊び心だ。

一階の受付でチケットを買うと、「今日は先生のサイン会があります。二階で本を購入されたら、一時頃から、先生が喫茶室にいらっしゃいます」と、告げられた。

西村京太郎記念館では、日曜日の午後、こうして来場者に、京太郎氏本人がサインをしてくれるサイン会がある。もちろん毎回というわけではなく、開催されるかどうかは当日決まるので、来てみないとわからない。先月来たときは、無かった。

階段を上がり、「作家・西村京太郎」の軌跡をたどる写真パネルなどを見る。

そこには、かつての同志であった山村美紗の姿は無かった。

記念館の真ん中にはブルートレインの模型が走り、正面、左側には今までの著作が表紙を見せて並べてある。膨大な数だ。

『女流作家』『華の棺』もあった。ここで山村美紗の名前が見えるのは、この本の帯だけだ。

隣の部屋には椅子があり、壁には西村京太郎ドラマの写真、そして正面のスクリーンでは、取材旅行の様子の密着映像が流されている。前回に来たときは自宅で執筆している映像だった。取材旅行にも、自宅映像にも、妻である女性が甲斐甲斐しく世話をする様子が映っていた。

年間千枚を書き、十一冊の本を刊行し、一ヶ月五本の連載を抱える。プロだから、締め切りには遅れない。取材旅行に行っても、夜は布団に寝そべって原稿を書き続ける——二〇二〇年の九月に九十歳を迎えるとは信じられない、超人としか言いようがない仕事量に、改めて圧倒される。

西村京太郎氏を、一方的に見かけたことが、一度だけあった。

二〇一一年の五月、東京、増上寺で行われた団鬼六の告別式の席だ。向かって右手に遺族、左手に関係者が座っていた。

関係者席の一列目に、弔辞を読んだ幻冬舎・見城徹社長、将棋棋士の故・米長邦男氏、にっかつロマンポルノの元女優・谷ナオミ氏が並び、そこから数席置いて、団鬼六原作「花と蛇」に出演した女優で現・ストリッパーの小向美奈子氏、杖を手にした西村京太郎氏の姿があった。

私は関係者席の二列目にいたが、もちろん話しかける間も勇気もなかった。

西村京太郎と団鬼六は、『花は紅　団鬼六の世界』（幻冬舎）という本で対談をしていて、団鬼六が山村美紗について京太郎を冷やかすやり取りもある。のちに熊本の震災の際は、団鬼六映画のヒロインでもあった熊本在住の谷ナオミを心配して京太郎が連絡をとったという記事も週刊誌で読んだ。

日本を代表するベストセラー作家とは、それ以外に全く接点もなく、私にとっては雲の上の存在だった。

記念館の二階の書籍販売コーナーで、一冊、本を購入する。

名前を書いてくださいと言われ、渡された紙に本名を記した。

一階の喫茶室に降りると、奥の席に京太郎氏がいて、隣に記念館の女性が立っており、向かい側の男女と談笑している様子が見えた。

腰を下ろし、注文を聞きに来た女性に、「サイン会、少しお待ちいただきます」と、告げられ、珈琲を注文した。サイン会目当てであろう、何組かの客がいて、賑わっていた。

しばらく経ち、喫茶室の女性に声をかけられ、京太郎氏の向かいに座る。

サインをもらい、「京都から来ました」と、言った。

「僕は、京都には二十年住んでたんだよ」と、京太郎氏は口にした。

見るからに、穏やかで優しそうな表情だ。

膨大な執筆量をこなす超人的な作家とは思えないほどに。

「山村美紗さんのお墓には、参られないんですか」と、問うた。

「亡くなったあとには行ったけどね。あそこ、少し高いところにあるから登られなくて。京都の東山の家は売っちゃったしね」

京太郎氏は、笑顔でそう言った。

「山村美紗さん——彼女は、面白い人だったよ。よく怒ってたけど、でも、本当に面白い人だった。うん、面白い人だった」

京太郎氏が、昔を懐かしむかのように、噛みしめて、「面白い人だ」という言葉を繰り返す。

「そろそろお写真を——」と、喫茶室の女性が声をかけてきた。私は京太郎氏の隣に並んで写真を撮り、「ありがとうございました」と、深く頭を下げて記念館を後にした。

面白い人だった——京太郎氏の言葉が、冬の湯河原を歩いていて、私の中で繰り返し響く。

愛していたのですか——その問いは、頭の中にあったけど、聞くまでもないのは、わかっていた。

記念館を出てバスを待つ間、雪がちらついていた。

小説家は、小説でしか本当のことは書けない。だから、『女流作家』という本が生まれた。たとえ傷つく人や非難する人がいても、自分の想いを残したかったから、小説にした。

他人にはわからない、ひたむきな想いと、愛する人との時間を書かずにはいられなかった本物の作家と対峙して、胸が締め付けられ、苦しくなった。

山村美紗とは、何だったのか。

夫の巍が描いた美紗の肖像画をネットで見つけてから数年間、ずっとそれを考え続けてきた。

男たちに死後もなお愛される、ミステリーの女王。

生前のその姿は、きらびやかで派手で驕慢で、ときには嘲笑、非難されながらも多くの人たちの心を捕らえた。

本が一番売れていた時代に、すさまじい量の小説を書き、次々とドラマ化され、日本中の人に名前が知られていた作家。

私がこの本を書くにあたって、出版に纏わる数字のデータを眺めて驚いたのは、美紗が亡くなった一九九六年が、書籍の売り上げのピークだったことだ。つまり、美紗は日本で一番、本が売れていた年に亡くなった。

これから先、美紗が生きていた頃以上に、本が売れるということは極めて難しいだろう。

山村美紗は、「本が売れる」時代と共に、この世から消えた。

たとえ文学的ではない、通俗的だと、批判されようとも、多くの人に読まれた作家であるのは紛れもない事実だ。

作家として売り上げの頂点に立ち、男たちに愛され、何もかも手に入れた「女王」。

そんな美紗のことを調べていくうちに、今まで全く知らなかった、彼女の劣等感や自信の無さ、そして病弱な身体に苦しみ続けたこと、それを支えた夫の存在を知った。

我儘で驕慢で派手好きな「女王様」の姿しか知らなかったけれど、その裏には、いつ死ぬかわからないと言われたほどの辛い少女時代を経て、「好きなように生きたい」という意志があったことも。

そして、第二次世界大戦と、戦後の貧しい時代に青春時代を送り、まだまだ女性が自由に生きられなかったときに、作家としてどうしても成功したいと、壮絶な努力を経て、何度も泣いて、それでも諦めずに作家になった。

女性ゆえの苦しみもあったが、女性だからこその魅力をも武器にして、書くことはもちろん、流行作家であり続けることにすさまじいエネルギーを費やした。

人気絶頂のときに、東京の帝国ホテルのスイートルームにて、執筆中の「戦死」。「女王」に相応しい壮絶な最期。

美紗が亡くなってから、彼女への想いが男たちを駆り立てて小説や絵が生まれた。

山村美紗作品は今でも舞台化、映像化され、ゲームにもなり、コンビニには「山村美紗サスペンス」の漫画が並んでいる。

未だに、多くの人にとっては「京都といえば、山村美紗」だ。

湯河原を訪ねる数日前に、京都東山の山村邸で、おそらく最後となるであろう取材をするために、巍を訪ねた。

玄関を入り、部屋に入る。白いピアノとシャンデリア、ガラスの向こうには庭が見える。今は水は枯れてしまったけれど、ここには池もあった。

がらんとした広い部屋に置かれたテーブルに、巍、妻の祥が座り、私は話を聞いた。

本を書く作業は進んではいて、それまでに何度か話を聞いてはいたので、補足的な質問を幾つかした。

一ヶ月前に、巍は九十一歳の誕生日を迎えていた。妻の祥が主催して、祇園のロシア料理の店「キエフ」で誕生パーティも開かれた。

巍への取材で驚いたことは、その記憶力の正確さだった。「忘れていることも多いし、無理やり忘れようとしてしまったこともある」と、最初に言われたが、私が調べたことの多くは、巍の話によって裏付けされた。

最後に、私は今まで聞けなかったことを、口にした。

それは巍にとって、もっとも傷口の痛む話かもしれないと思い、躊躇いがあったのだ。

「巍さんは、京太郎さんの『女流作家』、『華の棺』は、読まれましたか」

巍は、「読んでいません」と、答えた。

周りの誰かが、その二冊について、口にすることも無かったという。

きっと内容を知る人たちが、巍を気遣っていたのだとは予想がつく。

この人は、「女王」という存在の前で、「陰」に徹し、長い間、沈黙を続けて——その間、どのような苦しみと葛藤があったのだろう。それは巍と知り合って何度も考えたけれど、本人にしかわからないことだ。

有名になり、人前では華やかな姿しか見せず、膨大な量の仕事をこなし、病で苦しんで命を削っていた妻――他人が想像できぬ、様々な想いがあるはずだ。

妻を亡くし、葬儀のあと、巍は倒れた。

悲しみと疲労、そして悔いが襲って身体も心も限界だった。

それでも巍は、取材などにも口をつぐみ、ひとりで抱えていた。

主のいない家で、巍は毎朝、美紗の夢を見る。

「ノイローゼだった」と、巍はいう。

そして夢の中の美紗の頼みを聞き、絵を習い、祥と出会い結婚し、画家となり――ようやく、山村美紗の夫として、口を開き始めた。

彼を知る誰もが言うが、巍は温厚で穏やかな人柄だ。

美紗の「陰」として生きてきて、想うことはいろいろあるだろうけれど、決して感情を露わにすることはない。静かに、妻を語る。

それなのに、私はいつも巍に取材する度に、魂を吸い取られたようにぐったりしてしまって家で動けなくなる。山村美紗という人の熱量に、呑み込まれてしまうのだ。そうして、話を聞くたびに、疲労が蓄積しながらも、また山村美紗のことが頭から離れなくなる。

美紗自身が、巍と祥に取り憑き「私のことを忘れないで」と言っているような錯覚も起こした。

美紗を愛した男たちは、長年ずっと美紗の陰を背負って生きてきた。

妻のために耐え忍び支えた巍、かけがえのない同志として生きてきた京太郎。

誰が悪いわけでもなく、ただ、深く愛し続けたゆえに哀しみと共に生きてきた男たちの痛みで、取材の度にひどく疲労した。

京太郎の小説やインタビューに度々現れる美紗の「賞をとれなかった劣等感」について問うた。

「美紗の人生、確かに無冠はついてまわりました。けれどもね、彼女は戦後の日本を生き抜いた強さがあり、明るい人生観を持ってました。身体が弱かったから、常に書けなくなる不安と戦ってもいましたが、強く生きた人です」

巍は、そう言った。

それを聞いて、私の頭に浮かんだのは、キャサリンだった。

美紗が一番多く書いてきたヒロイン。

明るく、好奇心旺盛で、研究熱心で、人を楽しませ、仲良くなる、ときには周りを心配させるほど行動力があり、魅力的な名探偵、キャサリン。

京都の文化、伝統、京都という街が大好きなキャサリン。

弱さや自信の無さは抱えていたけれど、明るく強く、そして自分の好きなように生きてきた美紗は、キャサリンそのものではないか。

「女性は、母親は、こうあるべき」という古い慣習と戦いながら、美紗は小説の世界で大輪の花を咲かせ、ひまわりのように光を受け、世の中を照らしながら、華やかに生き、多くの人たちに愛された。

第二次世界大戦後の日本を、山村美紗は、全力で生き抜いた。


礼を伝え、山村家を後にした。

二年坂方面へ向かって、急な坂道を歩きながら、足を止め、振り返って山村邸を眺めた。

ふと、この辺りは鳥辺野だということを、思い出した。

蓮台野、化野と並ぶ、京の三無常の地のひとつ、鳥辺野。

今でこそ観光客の多い賑やかな場所だが、平安時代は亡くなった人を葬る場所で、だから「無常の地」と呼ばれ、源氏物語などにも登場する。


あだし野の露消ゆる時なく、鳥部山の煙立ち去らでのみ住み果つる習ひならば、いかにもののあはれもなからん。世はさだめなきこそ、いみじけれ

吉田兼好の『徒然草』には、そう書かれ、人生の儚さ、世の憐れを描くときに使われる場所

だった。

　山村邸から下がっていくと清水寺へと続く二年坂、三年坂があるが、そこから逆方向、北に向かうと霊山護国神社がある。坂本龍馬、桂小五郎など、幕末の志士たちと、第二次世界大戦で亡くなった人たちを祀る神社で、「霊山観音」という少し離れたところからでも見える大きな観音像がある。

　そのそばには、高台寺。豊臣秀吉の妻である寧々こと北政所が、徳川家康の尽力により与えられた建物で、北政所自身が眠っている。この場所から清水寺を超えて南にある阿弥陀ヶ峰に、豊臣秀吉の墓「豊国廟」があり、北政所が秀吉の墓に手を合わせるためにこの地を選んだのではないかとも言われている。

　阿弥陀ヶ峰の中腹には山村美紗の母・木村みつが卒業し、美紗が松本清張と出会った京都女子大学があった。

　二年坂から高台寺を抜けると、八坂神社、枝垂れ桜で知られる円山公園、まっすぐそのまま行くと浄土宗の総本山で日本一の山門がある知恩院があり、その先は、青蓮院、平安神宮、南禅寺にも続いている。

　与謝野晶子が、「清水を祇園へよぎる桜月夜 今宵会う人みな美しき」とうたった光景が広がる。

　ふと長唄、「京の四季」が浮かんだ。古くから、お茶屋などで舞妓や芸妓が唄い舞った歌なので、きっと美紗も馴染みがあるだろう。

春は花　いざ見にごんせ東山
色香あらそふ夜桜や
うかれうかれて粋も不粋も
物がたい
ニ本ざしでもやわらこう
祇園豆腐の二軒茶屋
みそぎぞ夏はうち連れて
川原につどふ夕涼み
よいよいよい　よいやさ
真葛ヶ原にそよそよと
秋は色増す華頂山
時雨をいとふからかさの
濡れて紅葉の長楽寺
思ひぞ積もる円山の
今朝も来て見る雪見酒

そして櫓のさしむかひ
　よいよいよいよいよいやさ

八坂神社を西に抜けると、祇園だ。

美紗の父・木村常信が育った場所だ。

京都は山村美紗の街だ。

女王が作り出した「ミステリアスで華やかな街」京都に、今も多くの人が訪れる。

悲しみも喜びも怒りも悔しさもすべて剥き出しにして、全力で人生を走り抜けた作家・山村美紗。

この京都という街に、山村美紗はいる。

肉体が滅んでも、山村美紗は、京都で生きている——私はそう考えながら、石畳の二年坂をくだっていった。


〈了〉

あとがき

二〇二〇年五月。

歴史に残るであろう、世界中を脅かしている新型コロナウイルス感染症による混乱の中、この本を書き終えた。

大型書店が休店を余儀なくされ、外出自粛で人々が書店で本を手にとる機会も減り、現時点では先が見えない状態だが、「本」という娯楽の危機を肌身に感じている。

けれどだからこそ、私にとって夢のような存在であるベストセラー作家・ミステリーの女王・山村美紗の本を刊行する意味があると信じている。

書店で人が本と出会い、世界を広げる。

その可能性を絶やさないためにも。

この本を出版するにあたって、まず最初に、山村巍氏に御礼を申し上げたい。ご自身の傷の瘡蓋を剥がすような部分も含めて、話を聞かせていただいたことに心の底から感謝しています。

また山村祥様、服部和子様はじめ、お話をしてくださった関係者の方たちすべてに、この場を借りて御礼を申し上げます。

幾つかの出版社に「無理だ」と言われたこの企画を受けてくださった西日本出版社の内山正之社長、編集の松田きこさん、私がこの本を書かなければという衝動にかられたきっかけとなった故・勝谷誠彦氏にも、感謝を記しておきたい。

二〇一二年に「山村美紗の夫」の存在を知ってから八年、やっと形になった。

この本を手にとってくださった方が、京都に生きた「ミステリーの女王」が書き続けた本にふれてくださると、ありがたい。

花房　観音

（文中敬称略）

参考文献一覧

『綴方子供風土記』　坪田譲二編／実業之日本社
『法学論集』　木村常信教授略歴・著作目録　鹿児島大学法文学部、鹿児島大学大学院司法政策研究科 編
『日本ミステリー小説史　黒岩涙香から松本清張へ』　堀啓子／中公新書
『日本推理小説論争史』　郷原宏／双葉社
『物語日本推理小説史』　郷原宏／講談社
『清張とその時代』　郷原宏／双葉社
『乱歩と清張』　郷原宏／双葉社
『半生の記』　松本清張／新潮社
『十五歳の戦争　陸軍幼年学校「最後の生徒」』　西村京太郎／集英社新書
『西村京太郎読本』　郷原宏編／ＫＳＳ出版
『西村京太郎の麗しき日本、愛しき風景　――わが創作と旅を語る』　文芸社
『作家という病』　校條剛／講談社現代新著
『時代劇は死なず！　完全版　京都太秦の「職人」たち』　春日太一／河出文庫
『京都ぎらい』　井上章一／朝日新書
『あんな作家　こんな作家　どんな作家』　阿川佐和子／講談社文庫
『おきばりやす　京女は今日も一生懸命』　山村紅葉／双葉社

『京都ミステリーの現場にご一緒しましょう』　山村紅葉／ＰＨＰ新書
『女流作家』　西村京太郎／朝日文庫
『華の棺』　西村京太郎／朝日文庫
『平成出版データブック　「出版年鑑」から読む三〇年史』　能勢仁／ミネルヴァ書房
『二〇一九年版 出版指標 年報』　出版科学研究所
『花は蛇　団鬼六の世界』　幻冬舎編／幻冬舎
『IN☆POCKET』　一九八九年十月号　山村美紗＋山村紅葉「作家の仕事、女優の仕事」講談社
『IN☆POCKET』　一九九〇年六月号　特集「山村美紗　Queen of Mystery」講談社
『二枚目の疵　長谷川一夫の春夏秋冬』　矢野誠一／文藝春秋
『文壇バー　君の名は「数寄屋橋」』　園田静香編　財界研究所
『九七年版　ベストエッセイ集　司馬サンの大阪弁』　弟から見た素顔の山村美紗　木村汎／文藝春秋
小説宝石（一九九二年九月号）　追悼・松本清張「清張先生の点と線」山村美紗
小説宝石（一九九六年十月号）　追悼　山村美紗さん「トリックの女王、逝く」山前讓
小説宝石（一九九六年十月号）　追悼　山村美紗さん「男っぽさに陰にあるこまやかな神経」志茂田景樹
オール讀物（一九八五年三月号）特別企画「挑戦　出ろといわれてその気になったアー」山村美紗
オール讀物　臨時増刊　The All Yomiuri（一九八五年十二月号）「事実は推理小説より奇なり」山村美紗×西村京太郎
オール讀物（一九九六年十月号）さようなら山村美紗さん「推理文壇の太陽系」森村誠一
オール讀物（一九九六年十月号）さようなら山村美紗さん「華麗なるトリックの女王」山村正夫

小説新潮（一九八〇年七月号）「私のアキレス腱」山村美紗
小説新潮（一九八六年二月号）処女作の頃　「育児をしながら小説を」山村美紗
小説新潮（一九八六年三月号）往復書簡「正反対の友だち」山村美紗
小説新潮（一九八六年四月号）往復書簡「山村美紗様」西村京太郎
小説新潮（一九九六年十一月号）山村美紗さんを偲ぶ「山村美紗という女性」西村京太郎
小説club（一九七七年八月号）「小銭と私」山村美紗
小説club（一九八〇年十一月号）「近況と事件」山村美紗
中央公論（一九九六年十一月号）「誤解で始まった山村美紗さんとの三十年」西村京太郎
婦人公論（一九九八年十二月二十二号）幸せな結婚は幻想か「山村美紗さんと過ごした三十年の温もり」西村京太郎
婦人公論（二〇〇一年三月二十二号）「解けない謎を残して逝った人」山村紅葉
文藝春秋（一九八二年一月号）「私の百人一首速修術」山村美紗
文藝春秋（一九九二年十月号）「清張先生の思い出」山村美紗
文藝春秋（一九九六年十二月号）心を揺さぶる別れの言葉「最期のあいさつができなかったのが悔しい。」西村京太郎
青春と読書（一九八二年七月号）「生活に推理を！」山村美紗
青春と読書（一九八六年八月号）「遊びのある家」山村美紗
青春と読書（一九九二年十二月号）「だから、推理小説は面白い！山村美紗vs西村京太郎」郷原宏
週刊文春（一九八七年三月十九日号）行くカネ来るカネ　山村美紗
週刊文春（一九九二年四月十六日号）　ぴーぷる「京都府文化功労章　山村美紗」
週刊文春（一九九二年八月二十七日号）さらば、松本清張　「意外なやさしさ」山村美紗

週刊文春（一九九三年七月二十二日号）仕事場探検隊　山村美紗
週刊文春（一九九六年九月十九日号）盟友・西村京太郎が悼む〝ミステリーの女王〟山村美紗さんの死
週刊文春（一九九七年六月十二日号）　阿川佐和子のこの人に会いたい　西村京太郎
週刊新潮（一九九六年九月十九日号）誰も知らなかった喪主で故山村美紗さんのミステリー追加
週刊新潮（一九九六年九月十九日号）山村美紗さんを親族席で送った西村京太郎さん
週刊新潮（一九九九年四月二十二日号）民放ドラマ右も左も「山村美紗サスペンス」の怪
週刊宝石（一九八四年十二月十四日号）トリックは日常性に在り　古都に住む本格派　山村美紗
週刊宝石（一九九二年一月十六日号）人物日本列島「本よりも新型製品のほうがトリックの参考になる」山村美紗
週刊宝石（二〇〇〇年五月二十五日号）『女流作家』書評　大多田伴彦
週刊実話（二〇〇二年十二月二十六日号）昭和平成愛しの勝負師たち
週刊読売（一九九〇年八月二十六日号）「三枝のホンマでっか」山村美紗
週刊読売（一九九二年九月十三日号）　年収一〇〇〇万以下は無税！「ミステリーのようにアッと驚く政策を」山村美紗
週刊読売（一九九六年九月二十二日号）News Wave　山村美紗さん急死！小説よりミステリアスな生涯
週刊ポスト（一九八六年七月十一日号）サンコンの美女むきだしインタビュー　山村美紗
サンデー毎日（一九八五年八月十八日号）　殴打事件で年齢のトリックがくずれた山村美紗
サンデー毎日（一九八五年六月三十日号）「大阪わが京都神戸」上　山村美紗
サンデー毎日（一九八五年七月七日号）「大阪わが京都神戸」下　山村美紗
サンデー毎日（一九九六年九月二十二日号）山村美紗さん執筆中の不幸

週刊朝日（一九九三年九月三日号）女の気分一新　山村美紗
週刊朝日（一九九六年九月二十日号）「執筆中に『戦死』した気遣い作家山村美紗さん」
週刊朝日（一九九六年九月二七日号）独占手記「山村美紗さんはボクの女王だった」西村京太郎
週刊朝日（二〇〇〇年四月二十一日号）「マリコのここまで聞いていいのかな」西村京太郎
週刊朝日（二〇〇六年十二月二十二日号）「マリコのゲストコレクション」西村京太郎
アサヒ芸能（一九九六年九月二十六日号）山村美紗さんの早すぎた死！
女性セブン（一九九一年十一月十四日号）「夫に愛人！」あなたなら許す？許さない？
女性セブン（一九九六年九月二十六日号）山村美紗さんのミステリアスな私生活
週刊女性（一九九六年十月一日号）故山村美紗さん、戦友・西村京太郎さんも傷心、悲しみの告別式
女性自身（一九九六年九月二十四日号）山村美紗さん　ざっくばらん「ひまわり」人生！
FRIDAY（一九九六年九月二十七日号）西村京太郎氏が明かした急逝「ミステリーの女王」山村美紗さんの〃魅力〃
FOCUS（一九九七年九月三日号）「京都の一夜」を告白した作家も——一周忌「山村美紗」は今も人気作家
噂の真相（一九八八年六月号）不可解な根強い文壇タブーの悪しき実態を打破せよ！　隣接する売れっ子作家・西村京太郎と山村美紗の邸宅
噂の眞相（一九九二年十月号）文壇の大御所・松本清張の知られざるタブー部分　山村美紗の娘で女優の山村紅葉は清張の子供説も
噂の眞相（一九九二年十一月号）疑問の多い『小説中公』創刊　誌名の名付け親は山村美紗
噂の眞相（一九九三年七月号）文壇所得番付№1は十年連続の赤川次郎〃女王〃こと山村美紗ともども税金対策なしで

噂の眞相（一九九四年五月号）〝ミステリーの女王〟こと山村美紗の水着写真が！創刊十五周年記念号への寄稿に編集スタッフも感激
噂の眞相（一九九五年一月号）文壇事情　京都の女王様・盲腸騒動その後
噂の眞相（一九九五年五月号）文壇事情　今日の京都の女王様
噂の眞相（一九九六年十一月号）〝ミステリーの女王〟山村美紗急逝で判明した事実　公然のパートナー西村京太郎の陰に別居中の夫が
噂の眞相（一九九七年二月号）山村美紗亡きあとの推理小説界の〝異変事情〟
噂の眞相（一九九七年十月号）ミステリーの女王・山村美紗の一周忌パーティ開催　最良の伴侶を失った西村京太郎に早々と芸者の愛人
噂の眞相（一九九九年四月号）スクープ！売れっ子作家西村京太郎の愛人初公開　山村美紗との愛の呪縛から解放されて湯河原同棲
噂の眞相（一九九九年八月号）西村京太郎が山村美紗との〝関係〟を私小説『女流作家』で書き始めた理由
京都新聞（二〇一六年一月七日）朝刊　ウは「京都」のウ「ミステリーの女王の秘密」
毎日新聞朝刊（一九八五年七月二十八日）　山村美紗さん、賊に殴られケガ
毎日新聞朝刊（一九九〇年一月六日）木村みつさん　死去　山村美紗さんの母
毎日新聞朝刊（一九九九年十月二十六日）第五十三回読書世論調査その一　二〇世紀を飾った、この作家とともに
毎日新聞夕刊・大阪版（一九九七年九月一日）故山村美紗さんの遺産、七億五〇〇〇万円
毎日新聞夕刊（一九九三年五月十七日）常連・新顔・泣き・笑い　各界の高額納税者番付
毎日新聞夕刊（一九九四年五月十日）一九九三年高額納税者　各界別番付

毎日新聞京都版（一九九五年五月十七日）高額納税者府内上位二〇人　文筆家・美術家・茶道・華道の部
毎日新聞（二〇一九年五月四日）「文学逍遥」　案内人・大野裕之　山村美紗「殺意のまつり」
朝日新聞京都版（二〇〇二年六月二十九日）御香宮神社　女優・山村紅葉さん（あの頃京都）
朝日新聞夕刊（一九八九年六月三日）山村美紗さん、西村京太郎さん　快気祝い
朝日新聞夕刊（一九九一年二月一日）西村京太郎さん・山村美紗さん　新年会
日本経済新聞夕刊（一九八七年九月三日）小説の題のつけ方――山村美紗（プロムナード）
日本経済新聞夕刊（一九八七年十年十五日）仕事と病気――山村美紗（プロムナード）
日本経済新聞夕刊（一九八七年十月二十二日）幼児体験――山村美紗（プロムナード）
日本経済新聞夕刊（一九八八年六月十八日）作家山村美紗さん――家族はどんな時にも味方（わが家のガイドライン）
産経新聞大阪版（二〇十二年五月一九日）「人・生き方」転機。話そう、話しましょう　作家・西村京太郎
週刊金曜日（一九九九年四月二十三日号）自伝的「小説」関口苑生
日本医事新報　No.三四一八（一九八九年十月二十八日）「作家　山村美紗論」山口康徳
婦人倶楽部（一九八七年一月号）　特集・私が受けた家庭教育「傷ついた心を守るために私は空想好きの少女になりました」山村美紗
波（一九九三年十二月号）　作家の一日　山村美紗氏の巻
現代（一九八六年八月号）　随想「トリックの話」山村美紗
ねんきん（一九八三年一月号）私の老後計画「推理できない私の老後」山村美紗
ファイナンス（一九八五年三）「推理小説の取材」山村美紗
革新（一九八二年三月号）　随想「最近の女性犯罪に思うこと」山村美紗

かくしん（一九八三年六月号）「山村美紗さんと五十分」
ユリイカ（一九九〇年十二月号）ミステリ・ルネッサンス　山村美紗
主婦と生活（一九八八年一月号）「いま、歩き始めたばかりの娘夫婦へ」山村美紗、山村紅葉
淡交（一九八六年六月号）私の好きな京都　山村美紗
日経広告手帳32（一九八八年十月号）内野席・外野席「欠かせない朝の儀式」山村美紗
ウェブサイト「ＭＯＣ」（二〇一八年二月）西村京太郎インタビュー
経営と法律（一九八七年五月号）「虚々実々」山村美紗
月刊テーミス（二〇〇〇年七月号）「山村紅葉　初めて語る　西村京太郎先生と母・山村美紗の愛の形」
一冊の本（二〇〇〇年五月号）　特別インタビュー「怖いけどかわいい、面白い人だった」西村京太郎
数学セミナー（一九九一年十二月号）「数学は私のストレス解消法」山村美紗

ほか

山村美紗年表

年	実年齢	公称年齢	山村美紗にまつわる出来事	社会の出来事
一九二八			大阪市帝塚山にて山村巍誕生	
一九三〇			東京都品川区にて西村京太郎誕生	
一九三一			木村美紗誕生	
一九三四	三		（公称・八月二十五日木村美沙、京都にて誕生）	
一九四五	十四	十一		八月五日玉音放送、大東亜戦争終戦
一九四六	十五	十二	家族で京城から日本に引き揚げ	日本国憲法発布
一九四七	十六	十三	徳島に移る	
一九四八	十七	十四	山村巍、立命館大学理工学部卒業	
一九四九	十八	十五	大分に移る	中華人民共和国成立、湯川秀樹が日本人初のノーベル賞を受賞
一九五〇	十九	十六	＊京都に戻る	朝鮮戦争
一九五一	二〇	十七	府立短大入学	NHK紅白歌合戦開始、東映設立、京都放送開局
一九五三	二二	十九	府立短大卒業	NHKが初のテレビジョン放送を東京で開始
一九五四	二三	二〇	伏見中学赴任	

一九五七	二六	二三	結婚（公称・京都府立大学卒業）	岸信介内閣成立、長嶋茂雄巨人軍入団
一九六〇	二九	二六	十月二十七日山村紅葉誕生	
一九六一	三〇	二七	西村京太郎『宝石』新人賞受賞	NHK朝の連続テレビ小説放送開始
一九六二	三一	二八	山村巍、東山高校に赴任	
一九六三	三二	二九	第九回　江戸川乱歩賞『冷たすぎる屍体』予選通過。西村京太郎『死者の告発』『恐怖の背景』が候補、『歪んだ朝』でオール讀物新人賞受賞	NHK大河ドラマ放送開始
一九六四	三三	三〇	伏見中学退職（教師生活七年）実際は十年	
一九六五	三四	三一	西村京太郎、『天使の傷痕』で、江戸川乱歩賞受賞　第十一回江戸川乱歩賞『歪んだ階段』（山村美沙名義）予選通過。のちに『京都・宇治川殺人事件』と改題され刊行	名神高速道路全線開通、東海道新幹線ひかり運転開始
一九六六	三五	三二	＊この頃、西村京太郎と出会う?	ビートルズ来日
一九六七	三六	三三	山村真冬誕生。木村常信、京都大学退官。美紗、ソウルに行く。第十三回江戸川乱歩賞『崩れた造成地』予選通過。中島河太郎主宰『推理界』に『目撃者ご一報下さい』『血の連鎖』掲	
一九七〇	三九	三六	『京城の死』にて第十六回江戸川乱歩候補。のちに『愛の海峡殺人事件』に改題され刊行。『特別機動捜査隊』脚本	大阪万博、よど号ハイジャック事件、三島由紀夫割腹自殺
一九七一	四〇	三七	『死体はクーラーが好き』サンデー毎日新人賞候補	

一九七二	四一	三八	『死の立体交差』で第十八回江戸川乱歩賞候補。のちに『黒の環状線』と改題され刊行	札幌オリンピック、あさま山荘事件、田中角栄通産相『日本列島改造論』、田中内閣発足
一九七三	四二	三九	『揺らぐ海溝』で第十九回江戸川乱歩賞候補	日本国内での出生者ピーク
一九七四	四三	四〇	『揺らぐ海溝』を改題した『マラッカの海に消えた』でデビュー。松本清張vs高木彬光古代史論争	佐藤栄作、ノーベル平和賞、長嶋茂雄引退、田中角栄退陣
一九七五	四四	四一	『花の棺』刊行。キャサリンシリーズ第一弾	ベトナム戦争終結、東映太秦映画村開村
一九七六	四五	四二	第二十九回日本推理作家協会賞長編部門『花の棺』候補	『徹子の部屋』放送開始、三木内閣発足、退陣、福田内閣発足
一九七七	四六	四三	『鳥獣の寺』刊行	
一九七八	四七	四四	西村京太郎『寝台特急殺人事件』刊行。ミリオンセラーに	成田空港開港、江川事件
一九七九	四八	四五	山村美紗サスペンス第一作『京都殺人案内・花の棺』、『鳥獣の寺』NHK連続ドラマ化	
一九八〇	四九	四六	西村京太郎、東京から京都市中京区に転居。『京都殺人地図』江夏冬子シリーズ第一弾	イラン・イラク戦争勃発、ジョン・レノン銃殺事件
一九八二	五一	四八	西村京太郎、伏見区に転居。『燃えた花嫁』刊行	ホテルニュージャパン火災
一九八三	五二	四九	『消えた相続人』で第三回日本文芸大賞受賞、『燃えた花嫁』で、山村紅葉女優デビュー	東京ディズニーランド開園、おしん、任天堂ファミリーコンピュータ発売

一九八四	五三	五〇	この頃より「京都」タイトルがメインに。刊行点数が倍増する。山村紅葉、早稲田大学卒業後、国税庁国税専門官試験に合格	ロサンゼルスオリンピック、ロス疑惑、グリコ森永事件、長谷川一夫死去
一九八五	五四	五一	『小説・長谷川一夫』刊行 七月二十五日マンションにて殴打事件	豊田商事事件、京都市が古都保存協力税を施行、日本航空123便事故
一九八六	五五	五二	東山霊山の元旅館を改装した邸宅に転居（長者番付のランキングに入り始める）	バブル景気、男女雇用機会均等法施行、土井たか子社会党党首に就任、
一九八七	五六	五三	山村紅葉結婚、大阪国税局を退局	天安門広場デモ、大韓航空機爆破事件
一九八八	五七	五四	この頃から、『噂の真相』に記事が載り始める。	リクルート事件、ドラゴンクエスト3、東京ドーム完成
一九八九	五八	五五		昭和天皇崩御、元号が平成となる、宮崎勤事件
一九九〇	五九	五六	一月五日母・木村みつ逝去（八十二歳）。九月九日高木彬光逝去（七十四歳）	バブル景気最後の年、国際花と緑の博覧会、秋篠宮家創設、即位の礼
一九九一	六〇	五七	四月二十五日父・木村常信逝去（八十九歳）	FM京都開設、宮澤内閣発足、湾岸戦争勃発
一九九二	六一	五八	『京都府文化賞功労賞』『あけぼの賞』八月四日松本清張逝去（八十二歳）	東海道新幹線運転開始
一九九三	六二	五九	長者番付、女性作家トップになる。	皇太子結婚の儀、法隆寺等が日本初の世界遺産登録、世界貿易センター爆破事件
一九九四	六三	六〇	山村巍、東山高校を退職。美紗、虫垂炎の手術	松本サリン事件、関西国際空港開港
一九九五	六四	六一		阪神・淡路大震災、地下鉄サリン事件

一九九六	六五	六二	九月五日東京帝国ホテルにて逝去。十二月西村京太郎湯河原に転居、現在の妻と出会う
一九九八			山村巍、洋画家・岡崎庸子氏に師事。デッサン・油絵を習う
一九九九			四月週刊朝日『女流作家』連載開始
二〇〇〇			西村京太郎『女流作家』刊行
二〇〇一			湯河原に西村京太郎記念館開館。
二〇〇二			山村巍、京都新聞文化センターにて人物クロッキーを東郷健氏より学ぶ
二〇〇三			山村巍、祥と出会う
二〇〇六			十一月西村京太郎『華の棺』刊行。九月山村巍、東急ホテルギャラリーKAZAHANAにて油彩画展（妻の肖像画）
二〇〇八			山村巍、再婚
二〇〇九			山村巍・祥夫妻挙式
二〇一〇			四月山村紅葉プロデュース『ミステリーの女王・山村美紗の世界』展（KYOTO「えき」、太秦映画村にて）
二〇一二			十月近鉄百貨店上本町店にて、『〜山村美紗とともに〜山村巍と祥』ふたり展

山村美紗著書リスト

1―マラッカの海に消えた

講談社（一九七四・一・二十）
講談社文庫（一九七八・六・十五）
山村美紗長編推理選集第一巻〈講談社〉（一九九〇・一・二十）
徳間文庫（二〇〇六・六・十五）
*第十九回江戸川乱歩賞候補「揺らぐ海溝」を改題

2―花の棺

カッパ・ノベルス〈光文社〉（一九七五・九・二十）
文春文庫（一九八一・八・二十五）
光文社文庫（一九八六・十一・二十）
山村美紗長編推理選集第三巻〈講談社〉（一九八九・十一・二十）
*名探偵キャサリン登場

3―死体はクーラーが好き

立風書房（一九七六・五・十五）
文春文庫（一九八一・二・二十五）
*表題作はサンデー毎日新人賞候補

4―殺意のまつり

文藝春秋（一九七六・十・二十五）
文春文庫（一九八二・六・十）
中公文庫（二〇一八・七・二十）

5―黒の環状線

トクマ・ノベルス〈徳間書店〉（一九七六・十二・十）
文春文庫（一九八〇・八・二十五）
徳間文庫（一九八六・十・二十五）
山村美紗長編推理選集第四巻〈講談社〉（一九九〇・六・二十五）
*第十八回江戸川乱歩賞候補「死の立体交差」を改題

6―葉煙草の罠

講談社（一九七七・四・二十二）
講談社文庫（一九七九・九・十五）
山村美紗長編推理選集第四巻〈講談社〉（一九九〇・六・二十五）
徳間文庫（一九八四・五・十五）

7―鳥獣の寺

集英社（一九七七・十二・十）
集英社文庫（一九八〇・九・二十五）
山村美紗長編推理選集第二巻〈講談社〉（一九八九・十二・十）
徳間文庫（一九九三・四・十五）
トクマ・ノベルス（一九九六・三・三十一）

8―幻の指定席

文藝春秋（一九七八・十二・十）
文春文庫（一九八三・十・二十五）

9―百人一首殺人事件

カッパ・ノベルス（一九七八・十二・二十五）
光文社文庫（一九八四・十二・二十）
山村美紗長編推理選集第三巻〈講談社〉（一九八九・十一・二十）
徳間文庫（一九九〇・十二・十五）

10―京都殺人地図
トクマ・ノベルス（一九八〇・十・三十一）
徳間文庫（一九八四・九・十五）
文春文庫（一九八八・三・十）

11―エジプト女王の棺
カッパ・ノベルス（一九八〇・十一・三十）
光文社文庫（一九八五・三・二十）
山村美紗長編推理選集第一巻〈講談社〉（一九九〇・一・二十）

12―京都の祭に人が死ぬ
集英社（一九八一・六・二十五）
集英社文庫（一九八三・八・十九）
角川文庫（一九九二・二・二十五）

13―燃えた花嫁
カッパ・ノベルス（一九八二・六・十）
光文社文庫（一九八五・七・十五）
山村美紗長編推理選集第五巻〈講談社〉（一九九〇・三・二十六）
講談社文庫（二〇〇五・六・十五）

14―目撃者ご一報下さい
集英社文庫（一九八二・六・二十五）

15―消えた相続人
カッパ・ノベルス（一九八二・十二・十五）
光文社文庫（一九八五・十一・二十）
山村美紗長編推理選集第五巻〈講談社〉（一九九〇・三・二十六）

16―ガラスの棺
講談社ノベルス（一九八三・五・十）
講談社文庫（一九八六・四・十五）
光文社文庫（一九九二・七・二十）

17―花の寺殺人事件
ジョイ・ノベルス〈実業之日本社〉（一九八三・十・二十五）
講談社文庫（一九八六・四・十五）

18―花嫁は容疑者
トクマ・ノベルス（一九八三・十・三十一）
徳間文庫（一九八六・四・十五）
講談社文庫（一九九五・三・十五）

19―京友禅の秘密
カッパ・ノベルス（一九八三・十一・十五）
光文社文庫（一九八六・五・二十）
講談社文庫（二〇〇二・十・十五）

20―扇形のアリバイ
文藝春秋（一九八四・五・十五）
文春文庫（一九八七・六・十）
山村美紗長編推理選集第七巻〈講談社〉（一九九〇・七・二十五）
トクマ・ノベルス（一九九七・十二・三十一）

21―華やかな密室
中央公論社（一九八四・五・十五）
中公文庫（一九八七・三・十）
徳間文庫（二〇〇三・二・十五）

22―京都大原殺人事件
ジョイ・ノベルス（一九八四・六・二十五）
新潮文庫（一九八七・一・二十五）

山村美紗長編推理選集第六巻〈講談社〉（一九九〇・二・二十六）
徳間文庫（二〇〇二・三・十五）

23―三十三間堂の矢殺人事件

講談社ノベルス（一九八四・七・二）
講談社文庫（一九八七・四・十五）

24―黒百合の棺

カッパ・ノベルス（一九八四・七・二十五）
光文社文庫（一九八七・五・二十）

25―愛の海峡殺人事件

光文社文庫（一九八四・九・十）
山村美紗長編推理選集第二巻〈講談社〉（一九八九・十二・十二）
＊第十六回江戸川乱歩賞候補「京城の死」を改題

26―小野小町殺人事件

カッパ・ノベルス（一九八四・十・三十）
光文社文庫（一九八七・十二・二十）
山村美紗長編推理選集第九巻〈講談社〉（一九九〇・八・二十五）

講談社文庫（二〇〇二・六・十五）

27―こちら殺人現場ですが

文藝春秋（一九八四・十一・二十）
文春文庫（一九八七・九・十）

28―乳房のない死体

集英社文庫（一九八四・十一・二十五）

29―ミス振袖殺人事件

カッパ・ノベルス（一九八五・一・二十五）
光文社文庫（一九八八・四・二十）

30―ヘア・デザイナー殺人事件

講談社ノベルス（一九八五・二・五）
講談社文庫（一九八七・九・十五）
光文社文庫（二〇〇五・七・二十）

31―恋盗人

カッパ・ノベルス（一九八五・四・二十五）
光文社文庫（一九八八・五・二十）
講談社文庫（一九九三・三・十五）

32―美紗の恋愛推理学

講談社（一九八五・七・二十八）
新潮文庫（一九九一・六・二十五）
＊エッセイ集

33―京都嵯峨野殺人事件

ジョイ・ノベルス（一九八五・八・一）
光文社文庫（一九八八・七・二十）
山村美紗長編推理選集第十巻〈講談社〉（一九九〇・九・二十五）
徳間文庫（二〇〇〇・五・十五）

34―小説　長谷川一夫（上・下）

文春文庫（全一冊）（一九八九・七・十）
読売新聞社（一九八五・八・二十）

35―京都鞍馬殺人事件

文藝春秋（一九八五・九・十五）
文春文庫（一九八八・九・十）
山村美紗長編推理選集第六巻〈講談社〉（一九九〇・二・二十六）
徳間文庫（二〇〇五・九・十五）

36―京都紫野殺人事件

講談社ノベルス（一九八五・十・五）
講談社文庫（一九八八・七・十五）
徳間文庫（一九九八・六・十五）

37―京都不倫旅行殺人事件

カッパ・ノベルス（一九八五・十・二十五）
光文社文庫（一九八八・十一・二十）
講談社文庫（二〇〇一・二・十五）

38―都おどり殺人事件

新潮社（一九八五・十一・二十五）
新潮文庫（一九八八・一・二十五）
徳間文庫（二〇〇四・一・十五）

39―京都旅行殺人事件

集英社文庫（一九八五・十二・二十）
光文社文庫（二〇〇一・一・二十）
＊西村京太郎、小林久三、斎藤栄との共著

40―京都新婚旅行殺人事件

講談社ノベルス（一九八六・一・十）
講談社文庫（一九八九・一・十五）
山村美紗長編推理選集第八巻〈講談社〉（一九九〇・四・二十六）
徳間文庫（一九九八・九・十五）

41―京都化野殺人事件

カッパ・ノベルス（一九八六・二・二十五）
光文社文庫（一九八九・四・二十）
徳間文庫（二〇〇〇・十二・十五）

42―京都祇園殺人事件

サンケイ・ノベルス（一九八六・四・十）
角川文庫（一九八八・七・二十五）
中公文庫（一九九八・九・十八）
ワンツーマガジン社（二〇〇五・七・二十）

43―京舞妓殺人事件

カドカワノベルス（一九八六・四・二十五）
角川文庫（一九八七・十二・十）
山村美紗長編推理選集第八巻〈講談社〉（一九九〇・七・二十五）
集英社文庫（一九九二・三・二十五）

44―京都婚約旅行殺人事件

小学館（一九八六・七・十）
角川文庫（一九八八・五・二十五）
中公文庫（一九九七・九・十）

45―京都離婚旅行殺人事件

文藝春秋（一九八六・七・二十）
文春文庫（一九八九・五・十）

46―不倫家族殺人事件

集英社（一九八六・七・二十五）
集英社文庫（一九八九・七・二十五）
中公文庫（一九九八・二・十）

47―京都花見小路殺人事件

新潮社（一九八六・八・二十）
カッパ・ノベルス（一九八八・九・三十）
新潮文庫（一九八九・七・二十五）
徳間文庫（一九九八・八・十五）

48―京都絵馬堂殺人事件

カッパ・ノベルス（一九八六・九・二十五）
光文社文庫（一九八九・十一・二十）
講談社文庫（二〇〇〇・十・十五）

49―愛人旅行殺人事件

講談社ノベルス（一九八六・十・十五）
［「京都愛人旅行殺人事件」に改題］講談社文庫（一九八九・七・十五）

50―**京都葵祭殺人事件**
ジョイ・ノベルス（一九八六・十・三十）
角川文庫（一九八九・四・二十五）
中公文庫（一九九九・八・十八）

51―**代理妻殺人事件**
光文社文庫（一九八六・十一・二十）

52―**京都再婚旅行殺人事件**
講談社ノベルス（一九八七・一・五）
講談社文庫（一九八九・十・十五）
山村美紗長編推理選集第八巻〈講談社〉（一九九〇・四・二十六）

53―**京都茶道家元殺人事件**
カッパ・ノベルス（一九八七・二・二十五）
光文社文庫（一九九〇・七・二十）

54―**京都北白川殺人事件**
ノン・ノベル〈祥伝社〉（一九八七・三・三十）
ノン・ポシェット（一九八九・七・二十）
ワンツーマガジン社（二〇〇四・十・二十）

55―**京都東山殺人事件**
カドカワノベルス（一九八七・四・二十五）
角川文庫（一九八八・十一・三十）

56―**紫式部殺人事件**
C★NOVELS〈中央公論社〉（一九八七・五・二十）
中公文庫（一九八九・七・十）
山村美紗長編推理選集第九巻〈講談社〉（一九九〇・八・二十五）
角川文庫（一九九八・一・二十五）

57―**妻たちのパスポート**
集英社文庫（一九八七・五・二十五）

58―**大阪国際空港殺人事件**
講談社ノベルス（一九八七・七・五）
講談社文庫（一九九〇・六・十五）

59―**京都西陣殺人事件**
文藝春秋（一九八七・七・三十）
文春文庫（一九九〇・三・十）
徳間文庫（二〇〇五・二・十五）

60―**山村美紗の株の推理教室**
カッパ・ビジネス（一九八七・七・三十一）
＊エッセイ集

61―**京都二年坂殺人事件**
トクマ・ノベルス（一九八七・八・三十一）
徳間文庫（一九八九・八・十五）
集英社文庫（一九九三・二・二十五）

62―**京都夏祭り殺人事件**
ジョイ・ノベルス（一九八七・十・五）
角川文庫（一九九〇・四・二十五）
中公文庫（二〇〇一・七・二十五）

63―**京都・神戸殺人事件**
カッパ・ノベルス（一九八七・十・二十五）

光文社文庫（一九九〇・十・二十）
徳間文庫（二〇〇二・八・十五）

64―胡蝶蘭殺人事件
新潮社（一九八七・十一・二十）
新潮文庫（一九九〇・一・二十五）

65―京都紅葉寺殺人事件
C★NOVELS（一九八七・十一・二十五）
中公文庫（一九九一・二・十）
集英社文庫（一九九七・十二・二十）

66―京都マネーゲーム殺人事件
文藝春秋（一九八七・十一・三十）
文春文庫（一九九一・一・十）

67―小京都連続殺人事件
講談社ノベルス（一九八八・一・五）
山村美紗長編推理選集第十巻〈講談社〉（一九九〇・九・二十五）
講談社文庫（一九九〇・十二・十五）

68―琵琶湖別荘殺人事件
カッパ・ノベルス（一九八八・二・二十九）
光文社文庫（一九九一・三・二十）
徳間文庫（二〇〇一・十一・十五）

69―女相続人連続殺人事件
カドカワノベルス（一九八八・三・二十五）
角川文庫（一九九一・四・十）
中公文庫（二〇〇二・八・二十五）

70―京都グルメ旅行殺人事件
FUSO MYSTERY〈扶桑社〉（一九八八・四・二十）
文春文庫（一九九〇・八・十）

71―恋人形殺人事件
カッパ・ノベルス（一九八八・五・二十五）
光文社文庫（一九九一・十・二十）
徳間文庫（二〇〇一・七・十五）

72―財テク夫人殺人事件
Asahi novels〈朝日新聞社〉（一九八八・六・二十）
光文社文庫（一九九〇・四・二十）

73―シンデレラの殺人銘柄
講談社ノベルス（一九八八・七・五）
講談社文庫（一九九一・五・十五）

74―京都清水坂殺人事件
トクマ・ノベルス（一九八八・八・三十一）
徳間文庫（一九九〇・十・十五）
講談社文庫（一九九八・十一・十五）
ワンツーマガジン社（二〇〇五・十二・三十）

75―グルメ列車殺人事件
講談社ノベルス（一九八八・十・五）
講談社文庫（一九九一・七・十五）

76―京都島原殺人事件
ジョイ・ノベルス（一九八九・五・三十）
文春文庫（一九九二・八・十）

77―恋の寺殺人事件
文藝春秋（一九八九・六・二十）
文春文庫（一九九一・十一・十）
［「京都恋の寺殺人事件」に改題］徳間文

庫（二〇〇五・十二・十五）

78―京都・十二単殺人事件
カッパ・ノベルス（一九八九・六・二十五）
光文社文庫（一九九二・十・二十）
講談社文庫（二〇〇五・一・十五）

79―シンガポール蜜月旅行殺人事件
講談社ノベルス（一九八九・十・五）
講談社文庫（一九九二・五・十五）
光文社文庫（二〇〇一・五・二十）

80―京都貴船川殺人事件
C★NOVELS一九八九・十一・二十五）
中公文庫（一九九二・十一・十）
集英社文庫（一九九八・八・二十五）
ワンツーマガジン社（二〇〇五・三・二十）

81―京都恋供養殺人事件
トクマ・ノベルス（一九八九・十一・三十）
徳間文庫（一九九一・十一・十五）
講談社文庫（一九九九・二・十五）

82―千利休・謎の殺人事件
カッパ・ノベルス（一九九〇・二・十五）
光文社文庫（一九九三・五・二十）

83―京都結婚指輪殺人事件
カドカワノベルス（一九九〇・三・二十五）
角川文庫（一九九二・二・二十五）

84―京都・バリ島殺人旅行
カッパ・ノベルス（一九九〇・五・三十）
光文社文庫（一九九三・十・二十）

85―天の橋立殺人事件
講談社ノベルス（一九九〇・七・五）
講談社文庫（一九九三・五・十五）
徳間文庫（一九九九・九・十五）

86―京都三船祭り殺人事件
トクマ・ノベルス（一九九〇・八・三十一）
徳間文庫（一九九二・十一・十五）
講談社文庫（一九九九・四・十五）

87―京都・博多殺人事件
ノン・ノベル（一九九〇・十・二十五）
ノン・ポシェット（一九九四・二・二十五）

88―赤い霊柩車
新潮社（一九九〇・十一・二十五）
新潮社〈新書刊〉（一九九三・十二・五）
新潮文庫（一九九五・二・二十五）
嶋中文庫〈嶋中書店〉（二〇〇五・十・二十）

89―愛の飛鳥路殺人事件
講談社ノベルス（一九九一・一・五）
講談社文庫（一九九三・九・十五）
徳間文庫（一九九九・五・十五）

90―愛の殺人気流
カッパ・ノベルス（一九九一・一・三十）
光文社文庫（一九九四・五・二十）

91―京都・山口殺人旅行
ジョイ・ノベルス（一九九一・三・十五）
角川文庫（一九九四・九・二十五）

徳間文庫（二〇〇三・八・十五）

92―**ラベンダー殺人事件**
カッパ・ノベルス（一九九一・四・三十）
光文社文庫（一九九四・十・二十）

93―**紫水晶殺人事件**
講談社ノベルス（一九九一・六・五）
講談社文庫（一九九三・十二・十五）
光文社文庫（二〇〇三・十・二十）

94―**流れ橋殺人事件**
文藝春秋（一九九一・七・二十）
文春文庫（一九九三・八・十）

95―**坂本龍馬殺人事件**
カッパ・ノベルス（一九九一・七・三十一）
光文社文庫（一九九四・七・二十）

96―**京都詩仙堂殺人事件**
角川文庫（一九九一・九・十）

97―**山村美紗の京都の旅**
光文社文庫（一九九一・九・二十）
*エッセイ集

98―**小京都・郡上八幡殺人事件**
C★NOVELS（一九九一・九・二十）
中公文庫（一九九四・九・十八）
角川文庫（一九九八・九・二十五）

99―**長崎殺人物語**
トクマ・ノベルス（一九九一・九・三十）
徳間文庫（一九九三・十一・十五）

100―**愛の立待岬**
講談社ノベルス（一九九一・十・五）
講談社文庫（一九九四・三・十五）

101―**伊豆修善寺殺人事件**
カドカワノベルス（一九九一・九・二十五）
角川文庫（一九九三・九・二十五）

102―**山陽路殺人事件**
講談社ノベルス（一九九二・一・五）
講談社文庫（一九九四・六・十五）

103―**京都・浜名湖殺人事件**
カドカワノベルス（一九九二・一・二十五）
角川文庫（一九九五・八・二十五）

104―**京都花の艶殺人事件**
トクマ・ノベルス（一九九二・三・三十一）
徳間文庫（一九九四・十一・十五）
光文社（二〇〇〇・一・二十）

105―**ブラックオパールの秘密**
講談社ノベルス（一九九二・六・五）
講談社文庫（一九九五・一・十五）

106―**殺人予告はリダイヤル**
文藝春秋（一九九二・六・二十）
文春文庫（一九九四・六・十）

107―**平家伝説殺人ツアー**
講談社ノベルス（一九九二・七・五）
講談社文庫（一九九五・七・十五）

108―**向日葵は死のメッセージ**
カッパ・ノベルス（一九九二・七・三十）
光文社文庫（一九九五・七・二十）

109 華やかな誤算
新潮社（一九九二・九・十五）
新潮社（新書版）（一九九五・九・十五）
新潮文庫（一九九六・十二・一）

110 ミステリーに恋をして
光文社文庫（一九九二・九・二十）
＊エッセイ集

111 受験戦争殺人時代
C★NOVELS（一九九二・九・二十五）
中公文庫（一九九五・二・十八）

112 京都・金沢殺人事件
ジョイ・ノベルス（一九九二・十・二十）
文春文庫（一九九五・十一・十）

113 失恋地帯
カッパ・ノベルス（一九九二・十・二十五）
光文社文庫（一九九五・十一・二十）

114 伊良湖岬の殺人
集英社（一九九二・十一・二十五）
集英社文庫（一九九五・八・二十五）
中公文庫（一九九八・十二・十八）

115 故人の縊死により
トクマ・ノベルス（一九九二・十一・三十）
徳間文庫（一九九五・十一・十五
光文社文庫（二〇〇一・十二・二十）

116 小京都伊賀上野殺人事件
ノン・ノベル（一九九三・三・一
ノン・ポシェット（一九九六・二・二十）

117 清少納言殺人事件
カッパ・ノベルス（一九九三・三・二十五）
光文社文庫（一九九六・四・二十）

118 レンタル家族殺人事件
文藝春秋（一九九三・三・三十）
文春文庫（一九九五・四・十）

119 卒塔婆小町が死んだ
講談社ノベルス（一九九三・四・五）
講談社文庫（一九九五・十二・十五）

120 猫を抱いた死体
新潮社（一九九三・六・二十）
新潮文庫（一九九五・七・一）

121 伊勢志摩殺人事件
講談社ノベルス（一九九三・七・五）
講談社文庫（一九九六・七・十五）

122 娘道成寺殺人事件
C★NOVELS（一九九三・八・十五）
中公文庫（一九九五・八・十八）
角川文庫（二〇〇〇・七・二十五）

123 京都・グアム島殺人旅行
カッパ・ノベルス（一九九三・九・二十五）
光文社文庫（一九九六・十・二十）

124 山村美紗の事件簿
光文社文庫（一九九三・十・二十）
＊エッセイ集

125 夜の京都殺人迷路
トクマ・ノベルス（一九九三・十・三

十二）
徳間文庫（一九九六・十一・十五）
光文社文庫（二〇〇〇・六・二十）

126―火の国殺人事件
講談社ノベルス（一九九三・十一・五）
講談社文庫（一九九七・一・十五）

127―高知お見合いツアー殺人事件
カッパ・ノベルス（一九九三・十一・二十）
光文社文庫（一九九六・十二・二十）

128―札幌雪まつりの殺人
文藝春秋（一九九三・十二・二十）
文春文庫（一九九六・一・十）

129―十二秒の誤算
講談社ノベルス（一九九四・四・五）
講談社文庫（一九九七・五・十五）

130―ゴールドコーストの遺品
文藝春秋（一九九四・六・二十）
文春文庫（一九九六・七・十）

131―京都・出雲殺人事件
ジョイ・ノベルス（一九九四・六・二十五）
角川文庫（一九九七・五・二十五）

132―越前海岸殺人事件
C★NOVELS（一九九四・七・二十五）
中公文庫（一九九六・八・十八）
角川文庫（一九九九・四・二十五）

133―長良川鵜飼殺人事件
カドカワノベルス（一九九四・七・二十五）
角川文庫（一九九六・九・二十五）

134―毎月の脅迫者
新潮社（一九九四・七・三十）
新潮文庫（一九九五・十二・一）

135―殺人を見た九官鳥
カッパ・ノベルス（一九九四・九・二十五）
光文社文庫（一九九七・八・二十）

136―小樽地獄坂の殺人
講談社ノベルス（一九九四・十・五）
講談社文庫（一九九七・十二・十五）

137―寒がりの死体
トクマ・ノベルス（一九九四・十・三十一）
徳間文庫（一九九七・四・十五
光文社文庫（二〇〇二・四・二十）

138―愛のキャンセル待ち
カドカワノベルス（一九九五・四・二十五）

139―ポケットベルに死の予告
文藝春秋（一九九五・六・二十）
文春文庫（一九九六・十二・十）

140―神戸殺人レクイエム
カッパ・ノベルス（一九九五・九・二十五）
光文社文庫（一九九八・四・二十）

141―京都・沖縄殺人事件

講談社ノベルス（一九九五・十一・五）
講談社文庫（一九九八・五・一）

142—**京都西大路通り殺人事件**
読売新聞社（一九九五・十一・七）
文春文庫（一九九八・十二・十）

143—**夜の都大路殺人事件**
トクマ・ノベルス（一九九五・十一・三十）
徳間文庫（一九九七・七・十五）
光文社文庫（二〇〇〇・十・二十）

144—**愛の摩周湖殺人事件**
ノン・ノベル（一九九五・十二・五）
ノン・ポシェット（一九九八・二・二十）

145—**結婚ゲーム**
カドカワノベルス（一九九六・二・二十五）
角川文庫（一九九八・五・二十五）

146—**愛の危険地帯**
カッパ・ノベルス（一九九六・九・二十五）
光文社文庫（一九九八・十・二十）

147—**宮崎旅行の殺人**
トクマ・ノベルス（一九九六・九・三十）
徳間文庫（一九九八・十二・十五）
光文社文庫（二〇〇二・八・二十）

148—**大江山鬼伝説殺人事件**
新潮社（一九九六・十・十五）
新潮文庫（一九九八・六・一）

149—**龍野武者行列殺人事件**
ジョイ・ノベルス（一九九七・五・二十五）
角川文庫（二〇〇〇・九・二十五）
*西村京太郎との共著

150—**三千万円の花束**
双葉社（一九九七・七・二十五）
フタバノベルス（一九九八・十一・二十五）
双葉文庫（二〇〇一・七・二十）

151—**在原業平殺人事件**
C★NOVELS（一九九七・七・二十五）
中公文庫（一九九八・十・十八）
角川文庫（二〇〇三・一・二十五）
*西村京太郎との共著

152—**五〇パーセントの幸福**
フタバノベルス（一九九八・九・二十五）

153—**竜飛岬殺人事件**
ジョイ・ノベルス（一九九九・一・二十五）

154—**京都・宇治川殺人事件**
光文社文庫（二〇〇二・十二・二十）
*第十一回江戸川乱歩賞予選通過「歪んだ階段」を改題

花房観音（はなぶさ かんのん）

1971（昭和46）年、兵庫県豊岡市生れ。京都女子大学文学部中退後、映画会社や旅行会社などの勤務を経て、2010年に『花祀り』で団鬼六賞大賞を受賞しデビュー。男女のありようを描く筆力の高さには女性ファンも多い。著書に『寂花の雫』『花祀り』『萌えいづる』『女坂』『楽園』『好色入道』『偽りの森』『花びらめくり』『うかれ女島』『どうしてあんな女に私が』『紫の女』など多数。現在も京都でバスガイドを務める。

京都に女王と呼ばれた作家がいた
〜山村美紗とふたりの男〜

2020年7月26日　初版第一刷発行

著　者　花房観音
発行者　内山正之
発行所　株式会社 西日本出版社
http://www.jimotonohon.com/
〒564-0044　大阪府吹田市南金田1-8-25-402
［営業・受注センター］
〒564-0044　大阪府吹田市南金田1-11-11-202
TEL.06-6338-3078　FAX.06-6310-7057
郵便振替口座番号　00980-4-181121

編　集　松田きこ
装　幀　上野かおる
組　版　大田高充
表紙写真　桑島省二
表紙帯協力　岡文織物株式会社
印刷・製本　株式会社光邦

　ISBN978-4-908443-52-7